O ENCON-TRO

EDUARDO MOREIRA

O ENCON-TRO

3ª edição

EDITORA RECORD
RIO DE JANEIRO • SÃO PAULO
2014

CIP-BRASIL. CATALOGAÇÃO NA PUBLICAÇÃO
SINDICATO NACIONAL DOS EDITORES DE LIVROS, RJ

Moreira, Eduardo
M837e   O encontro / Eduardo Moreira. – 3ª ed. – Rio de Janeiro: Record,
3ª ed.   2014.

ISBN 978-85-01-03637-7

1. Romance brasileiro. I. Título.

                              CDD: 869.93
14-11241   CDU: 821.134.3(81)-3

Copyright © Eduardo Moreira, 2014

Todos os direitos reservados. Proibida a reprodução, armazenamento ou transmissão de partes deste livro através de quaisquer meios, sem prévia autorização por escrito.Proibida a venda desta edição em Portugal e resto da Europa.

Texto revisado segundo o novo Acordo Ortográfico da Língua Portuguesa.

Direitos exclusivos desta edição reservados pela
EDITORA RECORD LTDA.
Rua Argentina 171 – 20921-380 – Rio de Janeiro, RJ – Tel.: 2585-2000

Impresso no Brasil

ISBN 978-85-01-03637-7

Seja um leitor preferencial Record.
Cadastre-se e receba informações sobre
nossos lançamentos e nossas promoções.

EDITORA AFILIADA

Atendimento direto ao leitor:
mdireto@record.com.br ou (21) 2585-2002.

Com todo meu amor para
Francisco, Catarina, Duda e Juliana.
Meus encontros.

Invólucro

Teço o que cresce em volta de mim
Vive sozinha, trama sem fim
Parcas paredes, que cobrem a luz
Sabem quem sou, o que sei, quem fui
Em torno e dentro desenham o breu
Reflete nos outros, são eles, sou eu

Mas louca coragem que teima em queimar
Fulgura em brasa e rompe o tear
Liberta o desejo, os sonhos, o pranto
Revela o grito, o olhar, o canto
Faz da semente que a terra dormiu
Uma flor... duas... mil

Da fleuma postura que brada socorro
Implode onde sofro, explode onde morro
Brilham meus olhos que pendem na linha
Onde minha alma caminha, caminha, caminha
Braços abertos sorrindo agradeço
Sei que preciso, que quero, mereço

Capítulo Zero

Este capítulo tradicionalmente levaria o título de "Introdução". Temia, porém, que, se lhe desse esse nome, muitos o pulassem. Eu mesmo perdi a conta de quantas vezes já fiz isso em outras obras, saltando textos preliminares e introdutórios na ânsia de "chegar logo ao assunto". Quem sabe agora, chamando-o de "Capítulo Zero", e, portanto, incorporando-o ao conjunto, mais leitores atentem para seu conteúdo?

É importante que o façam, pois o que aqui se lê, apesar de vir antes, é conclusivo — e de fato o escrevi depois de finalizada a história fictícia desta obra.

Estava em Angra dos Reis, hospedado na casa de veraneio de meus pais. O dia era 31 de dezembro de

2012, véspera de Ano-Novo. Apesar da data festiva e do clima alegre da casa, eu estava triste. Muito triste. Não pelo ano que havia passado, que fora fantástico. Apesar da aflição de uma separação, foi nesse ano que colhi mais conquistas pessoais e profissionais. Entre elas, o lançamento de um livro que se tornou o mais vendido do país e a condecoração que recebi das mãos da rainha da Inglaterra, Elizabeth II.

Estava triste, pois era o único da casa passando aqueles dias desacompanhado. Meus filhos haviam viajado com a mãe para a Bahia, meus amigos mais próximos tinham outros planos para o réveillon e eu não estava namorando à época. Todos os outros na casa tinham par. Meu pai tinha minha mãe. Meu irmão, a namorada. E minha irmã, cinco amigos.

Estar sozinho pode me causar dois efeitos, aparentemente paradoxais. Por vezes me sinto forte, muito forte. E, em outras, triste, melancólico. Nos dois casos, porém, minha criatividade parece aflorar. É como se de alguma forma a solidão me permitisse estar mais perto de quem realmente sou. Ao mergulhar nesse universo pessoal, sinto-me capaz de descobrir coisas fantásticas a meu respeito e em relação à vida.

Deitado na rede da casa, eu conversava com Patricia, minha irmã. Ela contava como estavam sendo os dias na Universidade de Boston, onde cursava um MBA em finanças. Falava particularmente de um episódio em que discutira rispidamente com um colega de curso a respeito de uma tarefa em grupo.

De repente, tive uma espécie de clarão mental. Em uma fração de segundo, todo este livro me veio à mente. Não sei explicar como isso acontece, mas sei que acontece. Naquele momento, eu tinha, prontas, já escritas em minha mente, todas as páginas que os leitores encontrarão adiante. Falei: "Paty, você não vai acreditar! Acabo de pensar em um livro fantástico, obrigado pela ideia!" Sem compreender nada, ela apenas assentiu com a cabeça. Corri para meu quarto e comecei a escrevê-lo. Na verdade, digitá-lo; afinal, já estava pronto. Naquela mesma noite, desci e resolvi mostrar as primeiras páginas para meu irmão, Luiz Claudio. Ele leu o pequeno texto e disse: "Legal, Eduardo" — devolvendo-me o computador sem demonstrar muita empolgação.

Tenho o péssimo hábito de esperar que os outros nutram o mesmo entusiasmo que eu pelas coisas que faço. Não me conformei com o lacônico "legal" de meu irmão. Tinha de escrever logo o restante do livro. E, em 21 dias, consegui terminá-lo. Foram mais de duzentas páginas contando a história de Jonas, protagonista deste *O encontro*.

A forma como o enredo se desenhou me permitiu fazer algo com que sempre havia sonhado. Dissertar e filosofar sobre quase tudo que experimentei na vida.

Poder falar sobre a relação entre pais e filhos, marido e mulher, namorado e namorada, vida e morte, dinheiro e carreira, e, acima de tudo, sobre a busca de cada um pelo que realmente somos.

Jonas, meu protagonista, não sou eu. Pelo menos, não que eu saiba. Tem, porém, traços meus. Sou, acredito, a soma de elementos encontrados em cada um dos personagens da obra, os masculinos e os femininos.

Escrever o livro foi um processo de descoberta pessoal enorme. À medida que o protagonista ia se revelando na obra, eu, do lado de cá, experimentava a mesma sensação. Nos trechos em que as discussões mais delicadas foram abordadas — como as que envolvem as relações de Jonas com os pais e com a namorada —, fui obrigado a abrir uma caixa de Pandora que guardava trancada a sete chaves dentro de mim. Se não o fizesse, o texto não traria verdades e perderia em profundidade e conteúdo filosófico.

Foi duro, muito duro. A ponto de eu passar algumas noites sem dormir, e, no auge do processo, precisar de medicamentos para controlar uma breve crise de ansiedade e hipertensão. Incrível como passei a viver visceralmente a história, como se dela realmente fizesse parte. Era delicioso ter a liberdade de poder pensar a vida de uma forma inteiramente minha. Que gostoso poder discordar de Nietzsche,

Santos Dumont, Spinoza, e outros tantos proeminentes personagens históricos, muitos deles citados nesta obra. São indiscutivelmente geniais, todos eles. Adoro ler seus livros, estudar seus textos, refletir sobre suas ideias. Mas, para encontrar-me com minha essência, tinha de trilhar o meu caminho; não o deles.

Acredito que o processo de amadurecimento do ser humano possui quatro etapas. Eu as divido em: liderados, líderes, mestres (eremitas) e sábios. Na primeira, pouco sabemos sobre a vida. Só nos resta seguir o que os outros nos dizem ou o caminho que apontam. Somos cordeiros em busca de um pastor. Neste ponto, estamos longe de saber quem realmente somos. Mais longe ainda de evoluir como pessoas. No estágio seguinte, conquistamos o maior bem que pode ser adquirido: o conhecimento. Nessa altura, porém, a sensação de "saber" é tão embriagante que nos cegamos com seu poder. Passamos a querer convencer os outros de que somos nós os detentores das verdades. Tornamo-nos tiranos do cotidiano. Os "cabeças-duras" que querem convencer os outros de que suas ideias, sim, são as corretas, e de que as dos outros de nada valem. Neste estágio, basta ouvir uma opinião contrária para que a pulsação suba, nos irritemos e iniciemos uma batalha pela propriedade da verdade. Os que estão nesta fase são os líderes pela imposição, pela força. Na etapa seguinte, atinge-se uma segurança tão grande com aquilo que se sabe, que a opinião contrária é incapaz de causar abalo. É como se conseguíssemos nos isolar do mundo e viver em paz com aquilo em que acreditamos. Essas são pessoas extremamente fortes, e difíceis de serem dobradas ou derrubadas. São também líderes, não pela força, mas pelo exemplo. Chamo-os de eremitas pela capacidade de isolarem-se do mundo e viverem em paz. Este, porém, não é o último estágio do amadurecimento. No último, o eremita desce da montanha e volta ao convívio da multidão, de onde veio. É incrivelmente seguro das verdades que abraça. E, além de não se abalar com as opiniões contrárias, é capaz de ouvi-las. Ao ouvi-las de coração aberto, sem se incomodar com o fato de contrariarem suas verdades, pode aprender e somar ainda mais a seu conhecimento. Transformou-se em sábio. Acredito que a grande maioria das pessoas chega, no máximo, ao segundo degrau desse processo.

Li certa vez, talvez impressa na carroceria de um caminhão, uma frase que achei incrível: "O mar só é maior do que todos os rios porque se coloca abaixo de todos eles." Aí reside o segredo para tornar-se grande. Humildade! E, para ser humilde, devemos primeiramente nos encontrar com quem somos. Este é o significado de humildade: ser apenas quem se é. Nem mais — o que nos leva à arrogância e à prepotência. Nem menos — o que também é tolice.

É possível que, ao ler esta obra, muitos se identifiquem em parte ou bastante com pensamentos e personagens aqui presentes. Todos vivemos histórias pessoais muito distintas, mas possuímos buscas e dúvidas muito semelhantes.

Ficaria muito feliz se, de alguma forma, este livro fosse, se não a chave que abre a porta para o caminho rumo ao revelador encontro com quem o leitor realmente é, pelo menos um convite. Esse é um caminho que, uma vez iniciado, torna-se sem volta. E infinito, porque, quanto mais descobrimos quem somos, mais força temos para cavar ainda mais fundo.

Vivam de forma plena, sem culpa e felizes.

Com carinho,

Eduardo Moreira

Capítulo 1

Eram 7 horas da manhã, e o despertador em forma de soldado começou a tocar no apartamento de Jonas, localizado no 15º andar de um moderno edifício na Lexington Avenue, em Nova York. Jonas era brasileiro e morava na Big Apple havia mais de cinco anos. Deixara o Brasil para assumir o cargo de diretor para as Américas da divisão de vendas de produtos financeiros em um dos maiores bancos de investimento do mundo e, desde então, suas responsabilidades na empresa só cresceram. Com apenas 35 anos, era um dos dez principais executivos do banco.

Com uma rotina incrivelmente agitada, a vida de Jonas deixava pouco espaço para momentos de lazer.

Os dias de férias eram poucos por ano e restritos a rápidas visitas aos pais, que moravam em Campinas, São Paulo. Sua viagem seguinte já estava marcada, seria em uma semana, para celebrar o Natal em família, após grande tempo sem vê-la. Costumava chegar ao trabalho por volta das 8 horas e dificilmente retornava para o apartamento antes das 9 da noite. Não eram poucas as ocasiões em que chegava depois da meia-noite, envolvido em intermináveis reuniões com os grupos que comandava. Raramente se dava o direito de ter momentos de descontração com amigos, como saídas à noite para jantar ou tomar drinques e ouvir uma boa música.

Com seus clientes, era diferente. Responsável pela divisão de vendas, fazia parte de seu trabalho, duas ou três vezes por semana, levar seus melhores clientes para se divertirem. Costumava ir aos mais badalados restaurantes e boates de Manhattan, e, dependendo do potencial do cliente, as noites poderiam resultar em contas de valores altíssimos. Tudo para impressioná-los e, ao mesmo tempo, deixá-los com a sensação de que lhe deviam um favor, aumentando assim o fluxo de negócios entre suas empresas.

A noite anterior fora uma dessas. Um de seus maiores clientes, baseado em Luxemburgo, na Europa, estava de passagem por Nova York, e Jonas não poderia perder a chance de impressioná-lo. Reservou a melhor mesa, próxima à pista de dança, na principal boate da cidade, e ligou horas antes para seu gerente instruindo que lhes fosse destacada a mais bela atendente para, durante toda a noite, servir o que de melhor a casa tinha.

Pouco antes de sair ao encontro do cliente, seu telefone no trabalho tocou. O identificador de chamadas trazia um número que começava com +55, ligação do Brasil. Do outro lado da linha, uma voz quase idêntica à sua. Era seu pai:

— Can I please talk to Jonas?

— Oi, pai, sou eu, pode falar. Fala rápido, por favor, porque já estou de saída para encontrar um cliente. E outra coisa: não é "Can I please". Quantas vezes vou precisar explicar? O correto é "May I please"!

— Boa tarde, filho! Será que algum dia vamos começar uma conversa assim, com um "boa-tarde"? Você não sabe como eu fico triste de ver que o Ninho que morou aqui em casa por quase trinta anos se transformou nesse executivo que está sempre nervoso, cheio de pressa...

— Pai, por favor, não vamos começar. Hoje não, por favor, tenho um compromisso muito importante e não posso chegar atrasado.

— Na verdade, o que tenho para falar é rápido, filho. Rápido, mas para mim muito importante. Peço que, por favor, não conte à sua mãe que estou ligando. Ela ficaria ainda mais chateada.

— Mais chateada? Por que ela já estaria chateada?

— Você esqueceu que dia foi ontem? Dezessete de dezembro...

— Nossa, não acredito que esqueci o aniversário da mamãe!

— Não foi só um aniversário, filho. Foi o aniversário de 60 anos dela, e você sabia que faríamos uma grande festa para celebrar. Ela passou toda a noite olhando para o telefone, esperando sua ligação. Você não imagina como foi dormir triste.

— Nossa, realmente desta vez eu errei... Tenho certeza de que coloquei em minha agenda um lembrete para ligar para ela. Não acredito que deixei passar. Bom, paciência, pai, semana que vem estarei aí no Brasil e levo um belo presente para ela. Desculpe, mas agora tenho que desligar. Preciso sair correndo para buscar meu cliente.

— Filho, você não pode deixar essa vida louca virar sua dona...

— Tchau, pai. Depois nos falamos, tá? Um beijo.

— Beijo, então, filho. Cuide-se, por favor.

Após desligar, Jonas enfim saiu. No táxi, porém, não parou de pensar no que ocorrera. Era imperdoável ter esquecido o aniversário da mãe. Principalmente aquele, de 60 anos. Sempre teve um carinho muito grande por ela. Quando ainda pequeno, seu pai, então diretor de uma multinacional europeia, passava boa parte dos anos viajando pelas filiais da empresa no Brasil, e foi com a mãe que Jonas passou quase todos os momentos de sua infância. Sua relação era de tal forma visceral e próxima, que chegou a relutar em aceitar o cargo no banco quando lhe disseram que teria de morar nos Estados Unidos. Os intensos anos de trabalho em Nova York, porém, pareciam ter se incumbido de afastá-lo até de quem mais amava.

. . .

Chegaram à boate na hora marcada. Naquela noite, porém, Jonas estava com a cabeça confusa. O esquecimento do aniversário da mãe, a forma como havia tratado o pai, a necessidade de agradar o importante cliente, a música eletrônica alta, que parecia pontuar o turbilhão de pensamentos que lhe viam à mente, tudo fazia com que estivesse distraído e chegasse às vezes a ficar tonto. Resolveu beber alguns drinques.

O telefonema que dera ao gerente, instruindo que a mesa fosse bem servida, e a bela atendente, que trazia as melhores bebidas a todo instante, acabaram fazendo com que bebesse muito mais do que o normal. Como resultado, chegou em casa às 4 da manhã, consumido pelo álcool das dezenas de drinques que experimentara. Estava extenuado. Pôs-se imediatamente para dormir, a fim de descansar ao menos por algumas horas.

Pouco depois, o despertador insistiria em tocar o som de uma corneta, anunciando a alvorada de mais um dia de trabalho na metrópole norte-americana...

Capítulo 2

O barulho da corneta do soldado parecia vir de dentro de seu cérebro, e ecoava tons metálicos que potencializavam a terrível dor de cabeça que o assolava. Não era possível já haver passado três horas desde que se deitara. Parecia ter durado um piscar de olhos desde o momento em que havia apagado a luz até que aquele barulho enlouquecedor começasse a tocar.

"Só mais cinco minutos", pensou Jonas. "Preciso de mais um pouco de descanso, e tenho certeza de que, se dormir mais um pouco, vou acordar bem melhor."

De olhos fechados, no quarto escuro, tateou o criado-mudo até que suas mãos encontrassem o despertador, origem do caos. Buscava o botão *snooze* para ganhar mais cinco minutos de paz que, achava, iriam fazer toda a diferença. Acidentalmente, porém, apertou o botão de desligar.

Passado algum tempo, uma sirene voltou a tocar. Dessa vez, porém, em volume mais baixo. Os cinco minutos haviam passado, pensou. Realmente, sentia-se bem melhor e mais descansado. Abriu os olhos e percebeu que o som não vinha do despertador, mas da rua! Era a sirene de uma ambulância no cruzamento da Lexington com a 57, completamente tumultuado já àquela hora... Dez da manhã!

"Dez da manhã! Não é possível, como o despertador não tocou?" Jonas precisava voar para o escritório, pois marcara de receber o cliente da noite anterior exatamente às dez.

Acendeu, então, a luz do abajur, correu para a janela e abriu as cortinas. O céu azul sem nuvens e as bandeiras tremulando no hotel vizinho anunciavam mais um dia de muito frio no inverno nova-iorquino. No banheiro, assustou-se ao ver seu reflexo no espelho. Estava péssimo. A cara inchada, com marcas dos vincos do lençol na testa, o cabelo completamente desarrumado, o hálito, quase uma arma química. Banho, nem pensar. Não havia tempo. Escovaria os dentes, jogaria uma água fria no rosto e passaria um gel para ordenar minimamente o cabelo. Vestiria a primeira camisa e o primeiro terno do armário, pegaria um cachecol e levaria uma gravata qualquer para ajeitar no táxi a caminho do escritório.

Chegando à portaria, perguntou ao zelador se havia disponível algum "black-cab", os táxis pretos, normalmente de russos, que faziam corridas em Nova York a preços fechados. Mesmo sendo caros, eram a opção mais rápida naquele momento, já que normalmente um ou dois carros faziam ponto em frente ao prédio.

— Nenhum, sr. Jonas — respondeu o zelador.

Foi então em busca de um táxi comum. Imaginou que, se corresse alguns quarteirões até a Park Avenue, talvez conseguisse com maior facilidade, e já estaria, assim, na direção de Wall Street. Com uma das mãos, carregava sua mala; com a outra, segurava a gravata e corria pelas ruas de Manhattan com seu cachecol de lã voando como se fosse uma capa atrás de seu corpo. Na Park Avenue — uma das avenidas mais movimentadas de Nova York e das poucas com mão dupla —, parou para esperar o sinal fechar. Pensou então em enviar uma mensagem do celular para seu cliente, avisando que, devido a um sério imprevisto, chegaria alguns minutos atrasado à reunião, mas que já estava a caminho.

Começou a digitá-la. Enquanto teclava, percebeu que uma pessoa ao lado começara a atravessar a rua, e entendeu, portanto, que o sinal estaria aberto para os pedestres. Continuou teclando enquanto caminhava. De repente, um barulho de pneus freando bruscamente e uma buzina que parecia tocar dentro de seus ouvidos lhe tiraram a atenção do celular. Ao virar-se, era tarde demais: um táxi, já a poucos centímetros dele, derrapara e, completamente sem controle, bateu o para-choque contra suas pernas, levantando-o no ar e fazendo-o dar uma volta inteira sobre o veículo. Imediatamente, Jonas sentiu a cabeça chocar-se contra algo e o corpo completar seu voo até pousar com as costas no chão.

Capítulo 3

Estava pálido. Com enorme dificuldade de respirar e com forte dor de cabeça, sua preocupação agora era saber o que lhe teria ocorrido. Estaria correndo risco de vida? Teria fraturado algum osso? Ao seu lado, percebeu o táxi parado e um grupo de pessoas que o fitavam preocupadas. Uma delas tinha um olhar estranho, de certa maneira acalentador. Era um homem de meia-idade, barba grisalha bem aparada, calça jeans e um casaco branco de moletom com as iniciais NY. Caminhou em direção a Jonas, estendeu a mão e disse:

— Que susto, hein, amigo? Levante-se, você teve muita sorte, nada de mais grave aconteceu.

Mas você poderia ter morrido. Onde você estava com a cabeça?

Jonas segurou a mão que o senhor lhe estendera e levantou. Ainda muito assustado, respondeu:

— Meu Deus. Não acredito que nada de ruim tenha me acontecido. Minhas pernas se chocaram contra o automóvel, como podem não estar machucadas? Veja, não há nem marcas em minha calça! — exclamava, enquanto olhava e se tateava.

Jonas então levantou o rosto novamente, para agradecer o senhor que havia lhe ajudado.

— Muito obrigado. Qual é o seu...

Antes de terminar a pergunta, percebeu que não havia mais ninguém ali. O homem já partira. "Mais um dos apressados moradores de Nova York que não têm tempo a perder; que pena, gostaria de ter lhe agradecido", pensou.

Estava confuso. De alguma forma, o acidente o fizera ver a morte de perto. A pancada na cabeça, o voo sobre o carro, o duro pouso de costas a poucos centímetros do meio-fio da avenida. Os riscos foram enormes. Mas, milagrosamente, nada acontecera. A sensação era de ter renascido. Mais do que isso, era como se tivesse recebido um sinal. Primeiro, o esquecimento do aniversário da mãe; depois, ter perdido a hora de despertar, algo que nunca lhe havia acontecido; e, por fim, o acidente. Os eventos pareciam de alguma forma ligados. Pensou em algo como um roteiro bem desenhado, que começava com um erro, seguido por uma mudança forçada de rotina e concluído pelo acidente.

Uma coisa Jonas sabia: não havia como ir para o trabalho daquele jeito. Precisava colocar a cabeça em ordem e acalmar-se. Ligou para sua secretária avisando que tivera um contratempo e que tiraria o dia de folga para resolvê-lo. Pediu que ela coordenasse com seu assistente para que recebesse o cliente que o esperava e explicasse sua ausência, pedindo desculpas pelo ocorrido. A apenas alguns quarteirões do Central Park, resolveu ir até lá para uma caminhada. Sabia que lhe faria bem.

As últimas palavras de seu pai no dia anterior não lhe saíam da cabeça. "Você não pode deixar essa vida louca virar sua dona", e logo em seguida: "Cuide-se, por favor." De alguma forma, o pai parecia saber que algo lhe aconteceria.

Há muito tempo Jonas já deixara de ser dono de sua louca rotina para dela se tornar escravo. As conversas com seus poucos amigos, nos raros momentos de lazer, eram sobre trabalho. Os livros que lia falavam de assuntos ligados à sua atividade profissional. Até as piadas que contava só eram entendidas pelos colegas de escritório. E há muito se tornara absolutamente sedentário, já flertando com a obesidade.

Em nada, portanto, lembrava o Jonas de dez anos atrás. Recém-saído da faculdade, duas paixões o moviam. O gosto por esportes e pelo estudo de filosofia. Fora campeão paulista de basquete e chegava a correr e treinar quase duas horas por dia. Aliás, tivera uma forma física invejável, e era disputado pelas mais belas meninas de Campinas. Afinal, havia sido o melhor aluno da faculdade, acabara de ingressar num dos maiores bancos de investimento, tinha o preparo físico de urn atleta — e o gosto por filosofia o fizera bastante culto. O que mais poderiam querer?

Em seus estudos filosóficos, lera de tudo um pouco. Mas o que mais lhe interessava nas leituras era encontrar caminhos para exercer, de forma amadora e cotidiana, sua própria filosofia. Os livros serviam de alimento para sua natureza questionadora. E o hábito de se questionar e buscar respostas para grandes temas, que iam desde assuntos discutidos em aula até outros de ordem metafísica e existencial, acabou por torná-lo um jovem com discurso bastante maduro e sofisticado para sua pouca idade. Essas características juntas, a disciplina de atleta, a boa aparência física, a capacidade intelectual e a conversa sofisticada caíram como uma luva para assumir a vaga logo após seu ingresso na empresa, no departamento de vendas. Desde então, uma carreira meteórica. E foi curiosamente este sucesso rápido que o transformou em uma pessoa completamente diferente daquela de antes.

Jonas sentou-se num banco no parque e começou a se lembrar do jovem que fora e em tudo o que ocorrera nos últimos anos. Uma espécie de filme começou a passar em sua mente. Seu pensamento estava tão longe que entrou num estado de transe. De repente, algo como um clarão atingiu sua vista e ele voltou a si. Abriu os olhos e era o sol que acabara de sair de uma das nuvens. O relógio marcava meio-dia. Ficara naquele transe quase uma hora.

Capítulo 4

O corpo de Jonas repousava inerte ao lado do táxi. O acidente fora tão brutal que dezenas de transeuntes rapidamente se aglomeraram para ver o que teria acontecido à vítima. Dentro do táxi, um motorista de origem indiana mantinha as mãos grudadas ao volante, com os olhos arregalados, sem reação, não acreditando no que acabara de acontecer. Teria matado o pedestre? No para-brisa dianteiro, perto do teto do automóvel, o vidro tinha um buraco, causado pelo choque.

No chão, ao lado da cabeça de Jonas, escorria um pequeno filete de sangue. A perna direita compunha uma imagem ainda mais assustadora. No meio da canela, algo como um segundo joelho fazia com que a perna dobrasse quase noventa graus na direção oposta. Um objeto pontiagudo marcava a calça do terno — um osso que rasgara a pele após a batida. Havia muito sangue. Era impossível dizer se a vítima sobrevivera. A primeira impressão era desalentadora.

A ambulância chegou rapidamente ao local. Na verdade, por sorte, estava a poucos quarteirões dali. Havia sido chamada para atender um senhor que infartara. Como demorara a chegar, por causa do trânsito naquele horário, o homem foi levado de automóvel pelo próprio filho ao hospital. Infelizmente, falecera no caminho — segundo relato do zelador do prédio aos paramédicos.

Era possível ver a tristeza nos olhos do zelador. Ele mostrou inclusive uma foto no celular, abraçado com o morador que morrera, um senhor de meia-idade, com semblante feliz e barba grisalha bem aparada. Eram amigos. O paramédico da ambulância ofereceu seus sentimentos ao zelador e disse que haviam feito de tudo para chegar a tempo. Mesmo no pior trecho do trânsito, às 10 da manhã, no cruzamento entre a Lexington e a 57, pegaram a contramão para socorrê-lo. Não foram rápidos o suficiente... Por outro lado, no entanto, estavam perto para atender Jonas. Apenas alguns minutos após o acidente, chegaram lá para prestar auxílio.

Imediatamente, um dos paramédicos desceu do carro para acudi-lo. Enquanto o colega lhe passava o material de primeiros socorros, ouvia de pedestres os detalhes do que ocorrera. Mediram sua frequência cardíaca e pressão arterial para ter um primeiro panorama de quão grave era a situação. Jonas estava vivo! Mas as notícias boas paravam por aí.

Era evidente que perdera muito sangue com a fratura exposta da perna, e o trauma na cabeça era também preocupante. Notava-se um inchaço na região das costelas, provavelmente fruto da aterrissagem do corpo no solo, o que podia indicar que ali também havia fraturas. A pressão arterial medida era 50 x 70. Jonas estava inconsciente.

Imobilizaram seu corpo com o colar cervical e a prancha de resgate, e colocaram-no dentro da ambulância, para que fosse levado ao hospital o mais rápido possível.

Alguns minutos depois, adentrava um dos principais hospitais nova-iorquinos, empurrado numa maca que voava pelos corredores do setor de emergências, numa tentativa desesperada de lhe salvar a vida. Os sinais vitais eram cada vez mais fracos, e precisava ser imediatamente submetido a uma cirurgia. Antes, porém, era necessário fazer o exame de raios X.

O resultado não seria nada animador. Jonas sofrera uma fratura total do terço distal da tíbia, uma fratura cominutiva da fíbula, algumas costelas quebradas e um traumatismo cranioencefálico com afundamento de crânio. Pelo exame, não era possível determinar se algum tecido encefálico fora atingido, mas rapidamente um edema se formava, pressionando a caixa craniana. Era preciso operá-lo!

Em seus pertences, procuraram algo que pudesse identificar um telefone e sua identidade. Queriam avisar algum parente sobre o ocorrido. Era importante fazê-lo logo, pois não sabiam se Jonas resistiria à cirurgia. Quando pegaram seu celular, viram que havia uma mensagem de texto na tela, aparentemente interrompida antes de ser enviada. Ligaram, então, para aquele número:

— Por favor, esse é o telefone do sr. Jonas Andrade?

— É o telefone do trabalho do sr. Jonas.

— Quem está falando, por favor?

— É a assistente dele, sra. Marjorie. Em que posso ajudá-lo?

— O sr. Jonas sofreu um sério acidente e está sendo submetido a uma cirurgia. Gostaríamos, por favor, que sua família fosse avisada sobre a gravidade da situação e sobre o hospital onde ele se encontra.

— Meu Deus, por favor, o senhor tem mais alguma informação? Como ele está? Ele corre risco de vida?

— Desculpe, senhora, é tudo que posso lhe dizer neste momento. Após a cirurgia, teremos mais informações para passar. Deixe-me ir agora. Saudações e desculpe-me por trazer esta notícia ruim.

Marjorie desligou o telefone e permaneceu imóvel, sem reação alguma.

Jonas já estava na sala de cirurgia. Uma equipe de seis pessoas, entre médicos, enfermeiros e auxiliares de enfermagem, discutia em volta da mesa qual seria a estratégia da operação, já que os traumas eram vários. Como a fratura exposta da perna não causara nenhum dano vascular mais sério e a hemorragia já fora controlada, decidiram começar pelo crânio. As luzes sobre a mesa cirúrgica acenderam e iluminaram o corpo e o rosto de Jonas, que, pela primeira vez, apresentou uma reação, como se tivesse percebido a brusca mudança de luz ao seu redor. Era exatamente meio-dia. Estava prestes a começar a cirurgia que tentaria salvar sua vida.

Capítulo 5

Após voltar do período de transe, acordado pela luz do sol que acabara de sair dentre as nuvens, Jonas sentia-se como se tivesse acabado de assistir a um daqueles programas com a retrospectiva do ano. Só que dessa vez o personagem principal era ele, e as notícias tinham sido os principais acontecimentos de sua vida.

A primeira sensação que teve foi a de perceber como era uma pessoa diferente daquela de anos atrás. Mas será que realmente era uma pessoa diferente, ou apenas se mostrava diferente? Lembrava-se do conceito de *persona*, que estudara nos textos de Jung. O fundador da psicologia analítica dizia que todos nós temos uma *pessoa* e uma *persona*. A *pessoa* é quem realmente somos. Já a *persona* é a máscara que criamos para ser mais bem aceitos.

Por mais que a máscara de Jonas fosse hoje a de um alto executivo que só falava de trabalho, que se vestia com roupas das melhores e mais caras grifes, preocupado em demonstrar poder e riqueza, por dentro, sentia ainda traços do jovem que deixara a faculdade anos antes. Sentia os traços, mas não tinha certeza sobre se o jovem ainda estava lá. A verdade era essa: Jonas não sabia mais quem realmente era.

E, ainda pior, tinha a nítida sensação de que quem vinha sendo aceito pelo mundo ao longo dos últimos anos estava muito distante de quem quer que ele fosse. Sua *persona* e sua *pessoa* estavam muito distantes uma da outra. E talvez esta fosse uma das grandes causas de sua ansiedade. Sentia-se vazio. Afinal, se a máscara é amada, inconscientemente nos ocorre: o que de fato somos não é bom o suficiente para receber o amor ou a aceitação. Experimenta-se, então, um paradoxo como aquele de Jonas. O de ter tudo e viver com a sensação de que nada tem. Porque não somos capazes de nos apropriar de nossas conquistas e transformações.

Jonas percebeu subitamente que aquela pessoa que morava dentro de sua máscara estava moribunda, quase morta. Algo precisava ser feito. O acidente fora realmente um sinal — e já começava a se sentir grato por tê-lo sofrido. Decidiu que empreenderia, a partir dali, a maior e mais importante busca de sua vida. A busca para descobrir *quem realmente era*.

Não seria algo simples. Afinal, essa é uma das questões filosóficas mais discutidas e estudadas ao longo da história. Grandes pensadores, desde tempos anteriores a Cristo, têm chegado às conclusões mais diversas sobre esse questionamento. O que não necessariamente seria ruim — pensou —, pois aquilo lhe dava liberdade para chegar à sua própria conclusão e trilhar o seu próprio caminho.

Se não existe consenso, não existe uma resposta certa. Na verdade, este era um dos conceitos que aprendera nos textos de Voltaire. As perguntas são muito mais importantes do que as respostas. A verdade, refletiu, é que não há respostas certas. Existem, todavia, perguntas certas. E aquela interrogação, acerca de quem realmente era, parecia ser uma delas.

Resolveu ir para casa e anotar suas reflexões. Caminhou apressadamente a fim de não esquecer nenhuma das várias ideias. Minutos depois, já estava na portaria de seu prédio. O zelador abriu a porta e também um largo sorriso, perguntando-lhe:

— Boa tarde, senhor, como foi seu dia de trabalho?

Jonas, então, respondeu:

— Confuso... Confuso, mas ótimo! Obrigado por perguntar. Tenho de subir agora. Adeus, senhor... Senhor...

Não sabia o nome do zelador. Morava no prédio há anos, era sempre recebido com o mesmo sorriso e percebeu que nunca sequer parara a fim de retribuir. Era talvez um dos únicos antigos moradores do prédio que não sabia o nome do porteiro. Vários, inclusive, haviam se tornado amigos dele.

— Senhor zelador, desculpe perguntar, mas não sei seu nome.

— Brad, sr. Jonas, eu me chamo Brad. E agradeço-lhe por perguntar.

— Adeus, então, sr. Brad, e muito obrigado por sempre me receber dessa forma alegre.

— A seu dispor. Até breve.

Jonas entrou no elevador sentindo-se ainda melhor. Leve. Não era tão difícil, afinal, promover pequenas mudanças em seus hábitos. Por mais que tenha sido constrangedor perguntar o nome do zelador depois de tantos anos, notou que era apenas um pequeno momento de desconforto para, no entanto, iniciar uma nova e importante etapa de sua vida. Como entrar num novo cômodo sem o esforço de abrir a porta?

Afinal, pensou, é sempre melhor um fim horroroso do que um horror sem fim.

Assim que chegou em casa, pegou uma folha de papel, uma caneta e escreveu:

> *Preciso descobrir:*
> *— Quem realmente sou?*
> *— O que me deixa feliz?*
> *— O que busco na vida?*
>
> Jonas, dezembro de 2012.

Estava cansado e pronto para começar uma nova fase. Decidiu, então, que iria dormir. Preparou uma sopa instantânea, tomou um copo de leite e foi para o quarto. A dor de cabeça voltara, e sentia uma coceira incômoda na perna esquerda, na altura da canela. Deveria ser fruto do dia confuso, especulou. Amanhã acordaria melhor. Fechou os olhos e rapidamente adormeceu.

No meio da noite, teve um sonho estranho, no qual pessoas que não conseguia reconhecer olhavam para seu rosto e gritavam: "Reaja, reaja!" Acordou assustado e olhou para o relógio. Eram ainda 21h30. Aquele deveria ser mais um sinal. Preciso reagir e mudar radicalmente essa vida que está acabando comigo, pensou. Minha nova vida começa amanhã!, concluiu.

E logo voltou a dormir.

Capítulo 6

A cirurgia já durava mais de nove horas. Ao investigarem mais criteriosamente as lesões, os médicos puderam perceber que o quadro era ainda mais grave do que supunham. O trauma na perna resultara em muita perda de sangue. Apesar de a artéria tibial não ter sido atingida, o impacto fora muito forte, e o pedaço de osso que rasgara a pele de Jonas havia aberto uma potencial via de infecção.

Durante a operação, um grande inchaço também começou a surgir na região das costelas, e imediatamente suspeitou-se de que pudesse ser um pneumotórax provocado pela perfuração do pulmão. O risco era o de acúmulo de sangue na caixa torácica.

A pressão sobre o pulmão, empurrando e comprimindo o coração e seus vasos sanguíneos, poderia provocar um colapso circulatório e, em último caso, levar à morte.

O maior problema, no entanto, era o trauma no crânio. O afundamento fora grande, e vários pequenos pedaços de osso tinham penetrado no tecido encefálico. O impacto do acidente resultara também em um edema, que crescia e pressionava a caixa craniana. Era necessário remover os ossos com cuidado, para preservar o tecido encefálico e aliviar a pressão causada pelo inchaço. A atividade cerebral de Jonas era completamente monitorada para que se pudesse avaliar, durante todo o tempo, o sucesso do procedimento cirúrgico. Curiosamente, o eletroencefalograma mostrava uma intensa atividade cerebral na região responsável pelos sonhos. Mais especificamente, na região do córtex visual — o que sugeria que estivesse vendo imagens como se acordado.

Quase dez horas após o início da operação, às 21h30 Jonas teve uma parada cardiorrespiratória. Os médicos tentaram reanimá-lo imediatamente. Sem resposta. Seu estado já debilitado e a longa duração da cirurgia faziam com que seu corpo tivesse dificuldade em reagir. Vendo as esperanças se esvaírem, o médico responsável pela equipe, dr. Sean, sussurrava para si mesmo:

— Não faça isso conosco. Estamos há quase dez horas tentando salvar sua vida. Acabamos de receber a notícia de que seus pais embarcaram no Brasil para estar com você. Por favor, garoto, nos dê a chance de salvar você. Por favor, reaja...

Ao ouvir aquelas palavras, os outros integrantes da equipe se comoveram e se somaram ao coro, em uníssono:

— Reaja, reaja, reaja!!!

Naquele momento, inexplicavelmente, Jonas teve um forte espasmo, contraindo as costas e movendo a cabeça para trás. Os monitores mostravam o retorno dos sinais vitais. Ele voltava da parada cardiorrespiratória. Ainda estava vivo, e a equipe médica, aliviada.

A cirurgia seguiu até a uma hora da madrugada. Foi uma das mais longas do setor de emergência naquele mês. Os médicos estavam exaustos, mas com a sensação do dever cumprido. Fizeram o seu melhor, e tinham mantido o paciente vivo durante um processo cirúrgico complicadíssimo. Agora restava esperar pela resposta do organismo. Jonas foi transferido para a Unidade de Terapia Intensiva e permaneceu monitorado durante a noite, para que sua evolução pudesse ser acompanhada.

Eram 6h50 da manhã quando os pais de Jonas chegaram à recepção do hospital. Buscavam notícias do filho. Estavam ainda com as malas de viagem. Não conseguiriam passar no hotel antes de vê-lo. Precisavam saber se ainda estava vivo. Ansiavam por notícias da cirurgia. A recepcionista disse que chamaria o médico de plantão da UTI para lhes dar a notícia.

Como assim, pensaram Sandra e Davi, um médico vai nos dar "a notícia"?

— Não é possível, ele morreu — chorava Sandra. — Meu Deus, como isso pôde acontecer com o nosso pequeno Ninho? Nem tivemos tempo de nos despedir dele.

Naquele momento, o médico chegou à recepção. Tremendo, aos prantos, a mãe de Jonas olhou para ele enquanto abraçava seu marido. Nada conseguiam falar.

O médico então abaixou os óculos até a ponta do nariz, virou a folha do prontuário que tinha nas mãos, sobre a prancheta, e lhes disse:

— Acalmem-se, senhores. O filho de vocês está vivo!

Capítulo 7

Jonas acordou sentindo-se renovado. Eram 6 da manhã, uma hora antes de seu despertador tocar, e estava completamente disposto. O acidente no dia anterior, o momento de reflexão no parque, a decisão de buscar sua essência — tudo aquilo parecia ter lhe dado um novo ânimo. Não se lembrava da última vez em que havia acordado daquele jeito.

Foi à cozinha preparar algo para o café da manhã. Pegou uma tigela com fatias de bacon, dois ovos e um suco de laranja. Ao chegar ao fogão, percebeu como começava seus dias, com uma agressão a seu corpo logo cedo. Lembrou que, na época de atleta, um de seus treinadores havia lhe ensinado algo que Jonas costumava praticar diariamente:

"Nosso organismo recebe esse nome porque tem a fantástica capacidade de se organizar. Ele é fruto de milhões de anos de evolução que nos fizeram chegar aqui com uma máquina que beira a perfeição. Para que se tornem grandes atletas, ou para serem ao menos pessoas saudáveis, não é necessário fazer muito. Basta não atrapalhar a organização do próprio corpo. Para se organizar, ele precisa apenas de quatro coisas.

"A primeira é uma alimentação saudável. É através dela que vocês fornecerão todos os tijolos para que a fortaleza que existe dentro de vocês seja construída. Uma alimentação saudável dá, aos trabalhadores que cada um de vocês tem tomando conta do organismo, o material que precisam para realizar a obra. A má alimentação, no entanto, tem o efeito oposto. Sorte seria se apenas não ajudasse a construir. O problema é que não só ela não ajuda, como despeja em nosso corpo vários elementos que se tornam problemas a serem resolvidos. Ao invés de se preocuparem em construir, os trabalhadores do organismo estarão preocupados em limpar a sujeira."

O mestre continuava:

"A segunda coisa é uma movimentação saudável. Os elementos e operações que acontecem em nosso corpo devem sempre fluir. Como esperar fluidez de algo que está parado? Se tiverem uma rotina sedentária, vocês estarão decretando greve desses seus trabalhadores. O lixo acumula, as peças não recebem manutenção, e o que estraga não é trocado. Mas lembrem-se de que a movimentação exagerada, fruto de exercícios extenuantes, também terá um efeito prejudicial. Afinal, muito serviço para pouca gente executar vai deixar uma longa lista de tarefas inconclusas em seus organismos.

"A terceira coisa" — dizia ele — "é a respiração". Ela é como uma tomada que nos conecta ao mundo de fora e dele traz energia para que todas as nossas atividades sejam realizadas. Tal qual a eletricidade, mantendo ligadas todas as pequenas máquinas que funcionam dentro de nós. Essa energia vem do ar que respiramos.

"E a última coisa de que o corpo precisa é de um bom sono reparador. É durante o sono com qualidade que a turma da manutenção trabalha. As atividades necessárias para manter seus corpos em movimento e trabalhando durante suas rotinas cessam neste momento — e só resta aos trabalhadores cuidar do que ficou estragado durante o dia.

"Como vocês podem tratar mal esses funcionários? Trabalham todo o tempo, não tiram férias e querem apenas o bem de vocês!"

Pois então, comer aqueles ovos fritos com bacon seria atrapalhar seu organismo, que tinha acordado com tanta vontade de funcionar bem naquela manhã depois do sono gostoso. Resolveu então trocá-los por um iogurte e uma banana. Tomou o suco de laranja e desceu para ir ao trabalho.

No térreo, encontrou o porteiro da manhã. Deu-lhe um animado bom-dia, e ouviu de volta:

— Bom dia, sr. Jonas! Aliás, um dia lindo hoje em nossa cidade. Não se esqueça de proteger-se do frio, a previsão é de fortes ventos para esta manhã.

Incrível! O porteiro da manhã também sabia o nome de Jonas. Como podia não saber o nome de nenhum deles? Eu tenho um motivo para não saber o nome deles, pensou. Eles trabalham aqui, são pagos para isso. Têm a obrigação de saber; já eu não tenho obrigação alguma de saber o nome deles. Pensar assim o deixou moralmente mais tranquilo.

Na prática, no entanto, não fez diferença alguma; afinal, ele continuava não sabendo o nome das pessoas que encontrava todos os dias. E o único que saía perdendo com isso era ele mesmo. Saber o nome delas lhe daria a opção de tratá-las da forma como melhor conviesse, mais distante ou mais íntima. Não saber obrigava-o a tratá-las com distanciamento. Ter opção é sempre melhor do que não ter; mais do que simplesmente educado, é inteligente saber seus nomes, concluiu.

Resolveu que, naquele dia, como havia saído de casa quase uma hora mais cedo, caminharia um trecho do trajeto até o trabalho para exercitar-se. Ajustaria, assim, os quatro pilares que precisava para retomar a busca de sua saúde. Tinha tido uma bela noite de sono, havia se alimentado bem durante seu café da manhã, respirava de forma tranquila e cadenciada, e depois de muito tempo voltaria a fazer algum exercício. Caminhou até a Madison Avenue e resolveu que desceria uns vinte quarteirões em direção a Wall Street, para só depois pegar um táxi.

Alguns quarteirões adiante, mais precisamente em frente ao hotel New York Palace, um dos mais luxuosos da cidade, notou um grande grupo saindo de dentro da igreja de Saint Patrick, uma das mais famosas de Nova York. Sentiu uma grande vontade de entrar e meditar por alguns instantes.

Jonas não era católico. Aliás, sua história religiosa era tão confusa como estavam sendo aqueles seus dias. Sua mãe era católica fervorosa. Filha de italianos, desde pequena fora educada seguindo todos os ritos da religião praticada por grande parte da população do país em que os pais dela escolheram morar. O pai de Jonas, por sua vez, era judeu. Embora não prati-

53

cante, por ser filho de um ventre judeu considerava-se também membro desse grupo religioso.

Quando Sandra engravidou, decidiram que dariam ao filho um nome do Velho Testamento, já que essa parte das Escrituras era comum às duas religiões. No sexto mês de gravidez, durante um exame de rotina, Sandra levou um susto. O médico não conseguia captar os sinais vitais do bebê. Por alguns minutos, ela se desesperou. Lembrou-se então do conto bíblico que narrava a história do profeta Jonas, que, tido como morto dentro da barriga de um grande peixe após ser engolido, apareceu depois com vida. Sentiu naquele momento que seu filho estava vivo e que não deveria se desesperar. Alguns minutos depois, o médico conseguiu captar os sinais vitais. Estavam difíceis de serem percebidos dada a posição do feto. Sandra, naquele momento, decidira que o filho chamaria Jonas.

Jonas entrou na igreja de Saint Patrick às 7 horas da manhã. Assim que entrou e se sentou, ouviu, vinda de um dos bancos atrás de si, a voz de uma fiel rezando a oração do Pai-Nosso. Curiosamente, ela rezava em português. Fechou os olhos, abaixou a cabeça enquanto se ajoelhava, e prestou atenção na mensagem que a oração trazia. O trecho que dizia "Perdoai as nossas ofensas" lhe chamou a atenção. Era isso que sentia estar fazendo, perdoando-se pelo caminho que havia tomado e permitindo-se recomeçar uma vida nova. Ao término da oração, virou-se para ver quem era a pessoa que rezava, mas não havia mais ninguém atrás dele.

Capítulo 8

Sandra e Davi choravam agora de alegria. O filho deles estava vivo! Era o que precisavam ouvir. A mãe pediu licença ao médico, com uma das mãos pegou uma foto do filho que carregava na carteira, com a outra segurou um terço que sempre trazia na bolsa, e rezou a oração do Pai-Nosso, enquanto, de olhos fechados, pensava em Jonas. Olhou para o relógio por trás da recepção do hospital, e ele marcava exatamente 7 horas da manhã.

Um bom presságio, pensou. Sete, o número perfeito; simboliza *longa vida* na tradição dos egípcios, que costumavam guardar no leito do filho recém-nascido sete pedras de cores diferentes. Na religião católica, sete são as glórias da Virgem, os Sacramentos, os pecados mortais, as virtudes, as ordens eclesiásticas, há a missa de Sétimo Dia, sete foram as quedas de Cristo do jardim à casa de Anás. Sete eram os edifícios sagrados da antiga Babilônia. De alguma forma, Sandra sentia-se conectada ao filho ao olhar o relógio marcando pontualmente 7 horas.

Davi acompanhou com respeito a oração da esposa. Era, porém, mais cético. Sua visão da vida era pragmática. Preferia lidar com fatos. Assim, como defendia Nietzsche, via a esperança como um dos maiores males que afligem o homem. Algo que prolonga o sofrimento não pode ser bom, acreditava. De alguma forma, entretanto, via no semblante da esposa, após a prece que acabara de fazer, um sinal de conforto. Seria a esperança, de fato, um mal como pregava Nietzsche, ou uma dádiva, como afirmavam as Sagradas Escrituras em seus salmos? Talvez os dois, pensou. Se mal é aquilo que gera sofrimento, e dádiva é aquilo que traz conforto, Davi conseguia vê-la das duas formas. Isso lhe trouxe à mente, então, a ideia de que talvez sofrimento e conforto não fossem necessariamente sentimentos antagônicos. Pelo menos não necessariamente se anulariam um ao outro, podendo talvez coexistir num mesmo instante de tempo. Era o que sentia naquele exato momento: um sofrimento enorme pelo que passava o filho, e algum conforto por receber um prognóstico melhor do que esperava.

Perguntaram ao médico qual era a real situação de Jonas.

— É difícil dizer neste momento. O procedimento cirúrgico acabou já de madrugada, e ficamos impressionados com a gravidade da lesão. Assim como vocês, estamos muito felizes em poder celebrar esta primeira vitória de seu filho na luta pela vida...

— O senhor quer dizer que ele ainda corre risco de vida, doutor? — perguntou Davi em seu inglês arrastado.

— Infelizmente, sim. Ainda não temos como apresentar um prognóstico claro quanto às suas chances de recuperação. Existe o risco de infecção, e não podemos esquecer que seu filho teve uma séria parada cardiorrespiratória esta noite. É um quadro grave, mas estou otimista. De alguma forma, ele parece estar nos ajudando nessa recuperação.

— Podemos vê-lo, doutor?

— Infelizmente, vocês não podem entrar onde ele está internado. Mas posso levá-los até a ala do hospital em que ele se encontra para que possam vê-lo através do vidro da sala.

Subiram todos até o quinto andar e caminharam por um longo corredor até chegar à Unidade de Terapia Intensiva, onde estava Jonas. A imagem era forte o suficiente para deixar seus pais em estado de choque por alguns instantes. Só conseguiam observá-lo, sem falar nada. Dessa vez, após alguns instantes, o rosto de Davi é que assumiu um semblante que demonstrava menos preocupação. Foi subindo devagar a mão pelo braço de Sandra, passou por trás de sua nuca e abraçou seu ombro. A seguir, abriu um leve sorriso e falou:

— Sabe do que estou me lembrando, amor?

— Do que, querido? — perguntou com a voz embargada.

— De por que resolvemos chamá-lo de Jonas. De alguma forma, sinto que, dentro desse corpo doente, nosso filho está brigando pela vida. E, assim como quando estava dentro de sua barriga, vai nos surpreender com sua recuperação e voltará a ter a saúde restabelecida. Não lhe demos este nome à toa.

Capítulo 9

Entrar na igreja e parar por alguns minutos fez bem a Jonas. Apesar de nunca ter frequentado os ritos das religiões de seus pais, Jonas respeitava-os — via-os como uma forma de meditação, e praticar algum tipo de meditação era fundamental para o equilíbrio de sua mente. Há muito tempo em sua vida não fazia nada assim para acalmar e ordenar os pensamentos. Naquele instante, sentiu como esses momentos lhe faziam falta.

Tinha, ele próprio, desenvolvido uma visão muito peculiar sobre as religiões. Via nelas um papel importante para religar o homem à sua essência. Era daí, aliás, que vinha o significado da palavra "religião".

Religare em latim significa reconectar. Mas ao mesmo tempo as via como grandes cerceadoras da capacidade intelectual do ser humano.

Os fundadores das religiões, para ele, não tinham culpa disso. Foram todos pessoas iluminadas, capazes de experimentar a reconexão de uma forma muito mais intensa do que se consegue usualmente. Transformaram-se, assim, em grandes filósofos. Distinguiam-se, porém, dos filósofos que conhecemos por terem sido capazes de aplicar suas filosofias de vida a eles próprios e, como consequência, elevaram seu espírito a um nível sublime. Jonas acreditava, portanto, que mais influente do que as ideias dos fundadores das religiões era aquilo que pregavam com seus exemplos. Caso seus exemplos não confirmassem suas ideias, teriam sido apenas famosos filósofos.

O fato de esses mestres terem se tornado símbolos de perfeição de comportamento e de essência era positivo. Afinal, somos todos imperfeitos. Para buscar a elevação do espírito e o desenvolvimento pessoal, precisamos do símbolo da perfeição. Não existe cura para nossas imperfeições, mas andar na direção da cura, representada pelos símbolos, é o suficiente para que nos desenvolvamos, acreditava.

Infelizmente as ideias desses mestres passaram a se tornar, ao longo do tempo, instrumentos não só de autoconhecimento, mas também de poder. E aí o sentido da religião tomou um rumo oposto àquele que Jonas via como saudável. Em vez de permitir que as pessoas conhecessem a si mesmas, passou a determinar modelos nos quais todos deveriam se encaixar. Como somos indivíduos únicos e complexos, e não nos encaixamos nestes modelos, imediatamente nos tornamos falhos, ou pecadores.

E então passamos a dever. Mas a quem?, perguntava-se Jonas. A Deus, dizem as religiões. E a quem devemos pagar nossas dívidas? Aos homens e a seus templos, dizem seus sacerdotes. Pelo menos devemos usá-los como intermediários. Nesse ponto, a equação parava de fazer sentido para Jonas.

Pensar em tudo isso estava lhe fazendo bem. Afinal de contas, a primeira das perguntas que tinha anotado em seu caderno era "Quem realmente sou?". E o exercício de busca por tal resposta passava necessariamente por técnicas de autoconhecimento.

Jonas então deixou a igreja para seguir sua caminhada rumo ao trabalho. Na saída da igreja, a cena era um tanto curiosa. Do outro lado da rua, estava um dos hotéis mais luxuosos da maior metrópole do mundo, onde uma noite podia custar mais do que ganha um trabalhador comum americano por todo um mês de trabalho. E, com a maior naturalidade, vários de seus hóspedes atravessavam a rua para entrar na igreja onde Jonas estava e ouvirem pregações sobre humildade e doação. Será que entoavam as palavras com a intenção de segui-las ou apenas cumpriam uma atividade social para que fossem vistos como pessoas que acreditavam naquilo? Algo como uma criança que fala "Papai, não pode bater no meu irmãozinho, não é mesmo?", quando na verdade está se desculpando por já tê-lo feito.

Jonas questionou-se sobre em qual dos dois grupos se encaixava. Naquele que se percebe imperfeito e busca o crescimento, ou no que, ao se perceber dessa forma, busca maquiar-se para ser aceito? No que quer enfeitar a máscara ou no que quer mostrar o rosto por trás da máscara? Sentiu-se bem por ser capaz de perceber e admitir que, dependendo do momento, poderia se encaixar em ambas as situações. Por fim começava a se perceber como verdadeiramente era. Mas ao mesmo tempo se sentia mal por achar que deveria agir mais de acordo com o que defendia em seu discurso.

Ao avistar um senhor vestido com roupas surradas, sentado nos degraus que davam acesso à entrada principal da igreja, resolveu fazer uma boa ação. Estendeu-lhe a mão com uma nota de 20 dólares:

— Aceite, por favor, este dinheiro. Para comprar algo para comer.

— Bom dia, meu jovem — respondeu-lhe o senhor. — Não entendo. Por que está me dando esse dinheiro?

— Dou-lhe porque sou mais afortunado e vivo em situação financeira mais confortável que a sua.

— Como pode saber, meu filho?

— Como assim? Isso me parece claro — disse Jonas.

— Então deixe que eu lhe faça algumas perguntas.

— Pois não, pode fazê-las. Excepcionalmente, hoje estou com tempo para uma rápida conversa — respondeu Jonas, com um sorriso no rosto, tentando imaginar o que viria a seguir.

— Como o senhor se locomove pela cidade?

— De metrô ou a pé, na maioria das vezes.

— Curioso, é como eu faço também. O que costuma comer em suas refeições?

— Frutas pela manhã, um sanduíche no almoço e raramente janto em casa.

— Incrível, mais uma semelhança em nossos hábitos — continuou. — E com quem costuma passar as datas festivas?

— Com minha família, em casa.

— Também costumo passar as festas com minha família — afirmou o senhor. — Por que acredita, então, ser mais rico do que eu?

— Porque tenho mais dinheiro, me parece claro.

— Refere-se ao número na tela de seu computador quando consulta o saldo de suas aplicações? Pois então veja o que vou fazer.

O senhor pegou então uma pequena pedra e começou a escrever um grande número no chão. Ao terminar de escrever, Jonas pôde ler o valor: 10 milhões de dólares.

— Este é o meu saldo. Sou agora mais rico do que você.

— Mas este número é de mentira — impacientou-se Jonas.

— Não vejo nenhuma diferença entre ele e o seu, enquanto ainda são números. A riqueza é apenas uma ideia enquanto habita a tela de seu computador. Mais rico não é quem tem mais ideias, isso certamente me tornaria mais rico do que você. Afinal, o que não me faltam são ideias.

E o homem prosseguiu:

— Mais rico é quem mais gasta. E, pelo visto, nossos hábitos são muito parecidos. Permita que lhe dê uma sugestão. Pegue esses 20 dólares e gaste-os fazendo algo completamente diferente, novo, ainda no dia de hoje. Essa ação começará a lhe mostrar o verdadeiro significado da riqueza.

Jonas sorriu. Era lúdico e parecia muito pouco prático, mas o que o homem lhe dizia não era de todo carente de lógica. Prometeu que faria uso do dinheiro como ele havia sugerido. E seguiu sua caminhada pelos quarteirões.

Capítulo 10

Jonas chegou ao trabalho às 8 horas da manhã, como usualmente fazia. Deu um alegre bom-dia para sua secretária e pediu que ela fosse à sua sala.

— Pois não, sr. Jonas, em que posso ajudá-lo?

— Em primeiro lugar, me diga, estou preocupadíssimo. Como foi a reunião com nosso cliente ontem de manhã?

— Reunião... Ah, sim, a reunião que o senhor pediu ao sr. Bryan que conduzisse em seu lugar, certo?

— Essa mesma — confirmou, surpreso por notar que a secretária demorou a se lembrar da reunião que para ele era tão importante.

— O sr. Bryan disse que correu naturalmente. Confidenciou-me inclusive que o cliente estava muito cansado, pois, aparentemente, vocês tinham saído para jantar na noite anterior. A reunião, portanto, foi breve. Disse-me também que o cliente falou que o senhor não se preocupasse por não ter podido comparecer porque já tinham tratado dos assuntos importantes em sua última conversa. Enviou-lhe um fraterno abraço e agradeceu pela noite agradável que tiveram.

— Obrigado, sra. Marjorie, por enquanto é só isso.

Não era possível. Jonas tinha quase perdido a vida por uma reunião sem grande importância. Uma reunião que durara poucos minutos. E, segundo o próprio cliente, não foi problema algum ele não ter comparecido. Como a realidade era diferente daquela que havia criado em sua mente!

Lembrou-se, então, dos relacionamentos que tivera com várias meninas em sua adolescência e juventude em Campinas. Bastava algo diferente daquilo que estava programado acontecer que criava imediatamente cenários fantasiosos em sua cabeça. Por que ela não atendeu o telefone? Já sei, não gostou daquilo que eu falei da última vez que estivemos juntos. Eu sabia que não devia ter falado com ela daquele jeito. Agora não sei como vou consertar isso. Como será que ela reagirá se eu pedir desculpas? Será que, se fizer isso, vou parecer inseguro? Mas, se não fizer, nunca mais a terei comigo... Recordava que, poucos minutos depois, a menina ligaria para ele dizendo que não atendera o telefone porque estava no banho. Quanto sofrimento por nada. Baseado em um cenário absolutamente irreal, quase havia tomado uma atitude cujas consequências seriam desastrosas.

Não era exatamente isso que continuava a fazer, agora mais velho?, pensou. No dia anterior, tomara atitudes com base em premissas absolutamente falsas.

Mas qual seria a causa desse tipo de atitude? Lembrava-se de ter estudado alguns textos sobre comportamentos paranoicos. A palavra paranoia tem origem no grego, *para* (algo próximo, ao lado) e *noia* (compreensão, realidade). Ou seja, significa o ato de criarmos uma realidade paralela e, a partir dessa realidade, fruto da nossa fantasia, passarmos a tomar decisões e atitudes.

É impressionante como frequentemente agimos assim em nossas vidas, pensou Jonas. No entanto, continuava sem entender o porquê dessa atitude. Talvez seja fruto de um falso sentimento de importância que se atribui a si próprio, continuava a refletir. Somos indubitavelmente o centro de consciência que percebe o mundo que nos cerca. Ser o centro de percepção do mundo, porém, é diferente de ser o centro do mundo. É de esperar que tenhamos a tendência de ver as coisas que acontecem colocando-nos como protagonistas. Afinal, o que nos interessa em tudo o que ocorre é como aquilo irá nos influenciar. E é aí que involuntariamente nossa atenção se fixa. Porque precisamos dessa informação para saber como devemos reagir ao que nos acontece. Como adotamos tal postura, temos uma dificuldade incrível de conseguir nos observar sob uma perspectiva externa. E, quando o fazemos, fazemos usando a *nossa* lógica. É neste instante que erramos, e surge o processo paranoico, concluía ele. Cometemos o grande erro de imaginar a situação através dos olhos do outro; porém, a partir de nossa lógica.

Quando a menina não atendia o telefone, a primeira reação de Jonas era pensar: Ela não atendeu o telefone, deve ser porque não quis. Afinal, sob a perspectiva de sua realidade, atender o telefone era algo que dependia apenas de querer ou não querer. Sob a perspectiva da menina, porém, atender o telefone era "impossível", visto que estava no banho.

As coisas começavam a ficar claras. Mesmo a famosa "regra de ouro", tão apregoada há milhares de anos sobre como devemos agir com os outros, evidenciava essa nossa tendência de nos colocarmos como o centro do que nos cerca. "Não faça aos outros aquilo que não gostaria que fizessem com você" — nunca aquela frase havia lhe soado tão egoísta, uma vez subentendido que aquilo que é bom para nós é bom também para os outros. A frase correta seria: "Nunca faça aos outros aquilo que eles não gostariam que lhes fosse feito." É isso. Talvez a solução estivesse aí. A saída do processo paranoico começa em não se gerar expectativas. Ao não gerarmos expectativas, fugimos da tendência de criar a realidade paralela originada pela nossa lógica. Como dizia Lacan: "Eu aguardo. Mas não espero nada."

Existe, porém, algo ainda mais poderoso. Em vez de impedir que sejam geradas as expectativas (algo extremamente difícil na prática), podemos observar em nossas expectativas traços de nossa personalidade. É ali que nos revelamos! Afinal, é muito difícil nos conhecermos através de algo que pensamos ou decidimos sobre *nossa* vida. Ali, observador e observado são a mesma pessoa. Aliás, como nos ensina o princípio da incerteza de Heisenberg, tão importante na física, é impossível observar o estado de uma partícula quando a própria observação já altera esse estado. No entanto, ao analisarmos a forma como criamos nossas expectativas sobre a reação e atitudes dos outros, e posteriormente compararmos com a realidade que aflora dos fatos, conseguiremos claramente ver a forma como pensamos. Ali devem aparecer traços de nossas inseguranças, traumas, medos, certezas e dúvidas. Lembrou-se novamente de Lacan. "Penso

onde não sou; portanto, sou onde não me penso",
dizia o médico e psicanalista francês. Precisamos do
espelho para entender quem somos.

Jonas estava eufórico. Em uma manhã, havia avan-
çado mais em sua busca pelas respostas às perguntas
que havia formulado na noite anterior do que jamais
poderia imaginar. Sentiu seu coração acelerar e decidiu ir a uma lanchonete para tomar um pouco de
água e deixar aqueles pensamentos sedimentarem.

Capítulo 11

A manhã chegava ao fim e Jonas apresentava algumas reações que deixavam a equipe médica animada. A atividade cerebral mantinha-se bastante ativa e os sinais vitais mostravam um quadro de estabilidade. Em alguns momentos, porém, o ritmo cardíaco subia a níveis incrivelmente elevados, o que passou a preocupar os médicos. Talvez fosse apenas uma taquicardia pós-operatória, comum na saída da anestesia em cirurgias em que ocorre intubação endotraqueal seguida de processo operatório, caso de Jonas. Mas talvez também estivesse sinalizando alguma outra patologia. Por via das dúvidas, os médicos administraram um betabloqueador e imediatamente o coração de Jonas passou a bater de forma mais lenta e cadenciada.

...

Eram já 4 horas da tarde, e pela porta da recepção da unidade de tratamento intensivo entrou o dr. Sean, que havia liderado a equipe de operação que salvara a vida de Jonas. Na poltrona, cansados após uma longa viagem de avião e há quase dois dias sem dormir, Sandra e Davi cochilavam encostados um no outro, aguardando notícias do filho.

— Desculpem-me, senhores — falou em tom firme o doutor, a fim de tirá-los daquele torpor —, trago notícias de seu filho, sou o médico que o operou logo após o acidente.

— Pois não! — respondeu Davi, saltando da cadeira imediatamente. — Desculpe-nos, doutor, estamos há dias sem dormir e muito cansados com toda essa confusão.

— Não há do que se desculpar senhor, eu compreendo.

— Em primeiro lugar, muito obrigado por ter salvado a vida de nosso único filho. Não poderemos nunca agradecer o bastante pelo que fez.

— O importante agora é decidir como seguiremos adiante — sorriu o médico. — O quadro de seu filho é estável, mas muito grave. Fizemos o que estava ao nosso alcance para salvar sua vida e estou muito feliz com o resultado.

— O que o senhor quer dizer com "como seguiremos adiante"?

— Seu filho foi trazido para este hospital porque era o mais próximo. Era a única chance de salvar sua vida. No entanto, vocês têm agora, se assim desejarem, o direito de transferi-lo para algum outro hospital com infraestrutura mais adequada a esse período de recuperação. É uma escolha que cabe exclusivamente a vocês.

— Podemos transferi-lo para o Brasil? — indagou imediatamente Sandra, num impulso que deixou surpreso até Davi.

— Eu estava imaginando algum hospital próximo, aqui nos Estados Unidos. Não se esqueçam de que o estado de saúde do filho de vocês é muito grave e devemos evitar novos fatores de risco. Uma transferência em si não representa um risco maior, mas, se algo acontece durante o deslocamento, os recursos à disposição da equipe médica que o acompanhará são limitados. Quanto menor a distância, menos tempo estaremos expostos a riscos.

— Mas, na prática, doutor, qual seria esse risco? — insistiu Sandra.

— Senhora, o filho de vocês encontra-se em coma induzido. É um estado temporário e induzido por drogas, normalmente utilizado para proteger o cérebro do paciente após grandes neurocirurgias. Neste estado, a atividade cerebral do paciente é reduzida consideravelmente, o que resulta em um metabolismo mais lento e menor fluxo sanguíneo no cérebro. No seu filho, por algum motivo que não sabemos explicar ainda, a atividade cerebral continua intensa em algumas áreas do cérebro, mesmo após a administração dessas drogas. No entanto, seu estado permanece estável.

— Doutor, desculpe-me, mas essas informações são de pouca valia para mim. O importante é saber se ele estará correndo riscos maiores sendo transferido para o Brasil. Seria muito importante para ele. Mesmo inconsciente, sei que estar perto da família, dos amigos e do lugar onde nasceu será fundamental para sua recuperação.

— Sra. Sandra, nunca permiti uma transferência de um paciente nesse estado para outro hospital tão distante. Não me sinto confortável. A não ser que...

— A não ser o que, doutor?

— Hipoteticamente, se ele fosse transferido num avião UTI para o Brasil, talvez isso fosse possível. Mas o preço seria provavelmente proibitivo, e eu esperaria pelo menos mais um dia para me certificar de que seu estado de saúde realmente se estabilizou.

— Doutor, meu filho é um dos principais executivos de um dos maiores bancos do mundo. Tenho certeza de que deve ter um seguro de saúde que nos permitirá realizar essa transferência. Vou ligar imediatamente para sua secretária e descobrir! Quanto a seu estado de saúde ter estabilizado como o senhor deseja, quando poderemos saber?

— Amanhã, ao final do dia, terei uma visão mais clara a respeito, senhora.

— Então amanhã voltaremos a discutir o assunto. Mas tenha a certeza, doutor, de que tudo dará certo e ele voltará conosco para o Brasil para se recuperar completamente perto das pessoas mais próximas e queridas.

— Espero que a senhora esteja certa, e ele possa então viajar para o Brasil. Mas repito que não seria o mais adequado, embora eu não possa proibi-la de fazer.

— E quanto a visitá-lo, doutor? Podemos entrar rapidamente com o senhor na sala para pelo menos tocá-lo? Por favor, o senhor não tem ideia de como estamos sofrendo. Precisamos estar junto dele, nem que seja por alguns instantes.

— Ok, vou autorizar que venham comigo. Mas será uma visita muito rápida.

Sandra e Davi foram então conduzidos até Jonas pelo dr. Sean. Entraram no quarto e caminharam vagarosamente até o leito onde Jonas repousava imóvel, monitorado por quase uma dezena de aparelhos e dúzias de fios. Sandra pegou a mão do filho, olhou para os olhos fechados dele e disse com a voz embargada, mas firme:

— Querido, você vai se recuperar. Tenho certeza de que tudo dará certo e isso não passará de um grande susto. Um recomeço! E lhe digo mais, filho — inclinou-se aproximando seu rosto junto ao ouvido de Jonas, que mal podia ser notado em meio a fios e ataduras que tomavam conta de sua cabeça —, você vai para o Brasil! Prometo que, depois de amanhã, um avião sairá daqui dos Estados Unidos e o levará de volta, para que possamos estar com você nessa recuperação! Acredite, filho! Logo, logo você vai voltar pro Brasil!

Capítulo 12

Era final de tarde e Jonas sentiu uma sensação estranha. Tinha o olhar perdido no mapa-múndi que ficava em sua parede, e uma voz em sua cabeça dizia: "Brasil!" Quando sua visão voltou ao foco, o olhar estava exatamente sobre o país onde nascera. Jonas então pensou: É claro! Não há lugar melhor para buscar minhas respostas do que o lugar onde nasci! Para que esperar até a próxima semana? Quero estar logo perto dos meus pais, revê-los, abraçá-los e corrigir os meus últimos erros! Ligou imediatamente para sua secretária:

— Marjorie! Mudança de planos. Altere minha ida ao Brasil para depois de amanhã! Organizarei minhas coisas amanhã e parto no dia seguinte!

Desligou então o computador para ir para casa. Antes de sair, porém, olhou para a pequena biblioteca que tinha em sua sala e viu debaixo de todos aqueles livros um que havia chamado muito sua atenção quando o havia lido, muitos anos atrás. Era um livro de etologia, a ciência que estuda o comportamento animal. Resolveu levá-lo consigo para que fosse a leitura naquela noite antes de dormir. Despediu-se de Marjorie e desceu as escadas.

Chegando à rua, resolveu caminhar até um ponto onde os táxis costumavam aguardar os clientes que diariamente fazem o trajeto do centro até suas casas na parte alta da cidade. Ao chegar ao local, porém, uma cena lhe chamou a atenção. Ali ao lado, erguia-se, imponente, a imagem da Estátua da Liberdade, símbolo da cidade de Nova York. Apesar de ver todos os dias aquela linda imagem e já morar em Manhattan havia mais de cinco anos, Jonas nunca a visitara. Por que não fazê-lo naquele dia? Afinal, não havia nuvens nos céus e tudo indicava que seria um pôr do sol deslumbrante. Caminhou até o quiosque onde eram vendidos os ingressos para visitação.

A placa atrás dos atendentes dizia:

Ingresso de admissão: US$ 13

Visita guiada por fones de ouvido: US$ 4

Visita extra à coroa da Estátua da Liberdade: US$ 3

Somou os valores e chegou ao total: 20 dólares Imediatamente se lembrou da promessa que havia feito ao senhor nas escadas da igreja mais cedo. Lembrou-se também de suas palavras: "Pegue estes 20 dólares e gaste-os fazendo algo completamente diferente, novo, ainda no dia de hoje. Isso começará a lhe mostrar o verdadeiro significado da riqueza."

Aquilo era completamente novo, diferente. Afinal, nunca havia visitado a estátua. E a coincidência o intrigara, o valor total era exatamente 20 dólares! Resolveu comprar o ingresso e fazer o passeio. A atendente lhe disse:

— O senhor deve correr, o último barco sai daqui a cinco minutos, às 16h30!

Jonas apressou-se e conseguiu embarcar no último ferryboat daquele dia rumo ao famoso monumento. Alguns minutos depois estava ao pé da estátua. Subiu então até a coroa, o nível mais alto, com a bela vista da cidade de Nova York e suas redondezas.

Ouviu um pouco sobre a história do monumento pelo fone de ouvido e ficou impressionado com a forma como fora construído. A estátua havia sido feita na França, transportada em navios até Nova York, separada em 350 pedaços. Suas peças foram então montadas em apenas quatro meses, tempo incrivelmente curto se considerada a tecnologia disponível em 1886.

Ao terminar de ouvir as informações, percebeu que o sol começava a se pôr. O céu estava alaranjado, quase rubro, no horizonte, enquanto o rio Hudson refletia as cores e tons exuberantes dos edifícios que ficavam à margem. Curiosamente, o rio refletia nas imagens dos edifícios o reflexo do pôr do sol nos vidros das construções, fazendo com que se tivesse a sensação de um espelho dentro do espelho, as cores e tons se misturando de uma forma que Jonas nunca vira antes.

Foi neste momento que começou a entender o que o senhor havia lhe dito nas escadarias da Igreja. A verdadeira riqueza são as experiências que acumulamos em vida. Compramos produtos e serviços não pelo que são, mas pelas experiências que podem nos propiciar. São elas que nos tornam felizes. Um carro guardado na garagem pouco difere do dinheiro em números na tela do computador que foi usado para comprá-lo. Só se transforma em riqueza quando é usado. Viajamos, estudamos novos assuntos, conhecemos novas pessoas, sempre buscando as experiências que estas coisas vão nos trazer. Jonas refletiu sobre como, ao longo daqueles últimos anos, havia acumulado muito dinheiro, mas poucas experiências.

Veio então à mente um pensamento de Baruch Spinoza, filósofo judeu do século XVII e um dos preferidos do pai de Jonas. Spinoza dizia que três coisas movem o homem em sua vida: a busca por títulos e honrarias, a busca por riquezas e o prazer dos sentidos. No entanto, pensou Jonas, as duas primeiras, na verdade, só existem como função da terceira. Afinal, a busca por honrarias e riquezas tem como objetivo propiciar de alguma forma moedas de troca por momentos de prazer. Jonas tinha um importante título, era diretor de um dos maiores bancos do mundo. Tinha dinheiro, mais do que qualquer amigo que tivesse se formado com ele na faculdade imaginava acumular. Mas não tinha prazeres. Naquele momento, teve a impressão de que sempre vivera mirando-os distantes, à frente, e, por mais que andasse em sua direção, eles pareciam andar também, de modo a nunca Jonas conseguir se aproximar.

Lembrou-se de um estudo recente que havia lido, que demonstrava que pessoas com muitos títulos e acúmulo de patrimônio não se diziam mais felizes do que pessoas com poucos títulos e bens. O mesmo estudo, porém, mostrava que durante o processo de conquista, e no momento imediatamente após conquistar novos bens e títulos, as pessoas se diziam mais felizes do que a média. Claro! Tudo parecia começar a fazer sentido para Jonas. O que torna as pessoas felizes não é o bem em si. É a experiência relacionada à sua busca e conquista. Começo a enxergar que o ouro não está no pote ao fim do arco-íris. O ouro é o próprio arco-íris. A vida é o caminho! Anotou então essa frase num papel e guardou em sua carteira. "A vida é o caminho!"

Nesse momento, ouviu de um dos funcionários da ilha da Liberdade, onde estava, que o último barco de volta a Manhattan sairia dali a dez minutos, às 18h30. Desceu até a base da Estátua e seguiu para casa, ansioso para começar a arrumar as coisas para sua viagem ao Brasil dali a dois dias.

Capítulo 13

Jonas entrou em casa e foi direto para o quarto, a fim de separar as roupas que levaria ao Brasil. Jogou em cima da cama a mala e o livro que havia trazido do escritório e tirou o terno e o sobretudo que vestia, colocando-os dependurados na cadeira em frente à sua escrivaninha. Em seguida, abriu o armário e começou a escolher algumas roupas leves, adequadas para o forte verão brasileiro, colocando-as também em cima da cama. Ao perceber a cama já quase toda tomada pelas roupas que separara, resolveu colocar sua mala e o livro que trouxera sobre a escrivaninha, para abrir algum espaço onde coubessem mais roupas. Ao pegar o livro e a mala com apenas uma das mãos, porém, o livro escorregou e caiu no chão, aberto em uma das páginas.

Parte do texto estava destacado pelo marca-texto amarelo de Jonas, um hábito que desenvolvera para poder sempre voltar a seus livros e relembrar aquilo que mais lhe chamara a atenção. Com aquele livro de etologia não havia sido diferente: tinha trechos destacados em amarelo do início ao fim. A parte selecionada na página em questão trazia a definição de aprendizado, um conceito importantíssimo e exaustivamente discutido pela ciência que estuda o comportamento dos animais. Dizia o livro: "Aprender corresponde a uma mudança relativamente permanente de hábitos, causada por uma experiência." Experiência... Lá estava, novamente citado, o conceito sobre o qual havia pensado tanto nas últimas horas. Sentou-se para ler mais um pouco e, quando viu, já estava absolutamente envolvido, relendo todas as suas marcações e anotações.

Já havia se esquecido de como era interessante estudar o comportamento dos animais. Lembrou-se de como, da primeira vez que havia lido o livro, impressionara-se com a similaridade entre o comportamento de várias espécies animais com gestos e atitudes que considerava tipicamente humanos. Lobos e lobas beijam-se na boca antes do acasalamento. Macacos pegam seus filhotes e levantam com os braços sobre seus corpos balançando-os para diverti-los. Abelhas operárias comunicam-se através de danças em que desenham algo similar a uma escrita para dizer com exatidão onde encontraram pólen para seu grupo. Pássaros cantam com timbres de voz diferentes quando querem conquistar as fêmeas de sua espécie. Araras são monogâmicas, e podem passar anos com a mesma parceira. Afinal, o que temos de realmente diferente dos animais?, pensou ele. O último capítulo do livro, intitulado "Comportamento humano", trazia uma análise do assunto sob a ótica do estudo etológico.

Jonas ficou impressionado como muito de nosso comportamento podia ser explicado pela análise evolucionista e comportamental, analogamente ao que pode ser observado no comportamento dos animais. Segundo o livro, os animais, em geral, têm basicamente dois objetivos na vida: reproduzir e sobreviver. Seu comportamento é, portanto, moldado em função de maximizar as chances de esses dois eventos ocorrerem. Ainda conforme o texto, no comportamento humano isso incrivelmente também aconteceria. Mesmo em comportamentos aparentemente culturais.

Homens se veem atraídos por mulheres com seios grandes, cintura fina e quadris largos, porque todas estas características implicam maior aptidão para o ato de concepção e cuidado da prole. Mulheres sentem mais ciúme quando seu parceiro se envolve emocionalmente com outra mulher do que quando descobrem uma traição apenas sexual. No primeiro caso, o protetor da prole ameaça deixar o lar; no segundo, não. Já os homens se sentem muito mais incomodados com uma traição sexual de sua companheira do que quando esta se envolve numa amizade com outro homem. Isso porque, quando são traídos, não sabem se estarão cuidando de sua prole e perpetuando sua carga genética nas gerações futuras ou se estarão fazendo com a prole de outrem.

Aquilo era ao mesmo tempo fascinante e incômodo. Ao ver que muito de seu comportamento podia ser entendido sob uma ótica evolucionista, Jonas teve a sensação de ser muito menos dono de seus sentimentos do que imaginara outrora. Várias questões começaram a bombardear seus pensamentos. Quanto daquilo que sinto é instintivo? Qual a capacidade que tenho de controlar e escolher aquilo que sinto? O que, afinal, temos de tão especial para nos considerarmos uma espécie superior a todas as outras com as quais dividimos a existência? Sobre esta última questão, o texto lançava alguma luz.

O homem diferencia-se das outras espécies por saber que sabe. Ao entender que possui esta capacidade, desenvolveu meios para acumular conhecimentos e experiências. "Acumular conhecimentos e experiências", talvez este o motivo de boa parte da evolução humana.

Diferentemente de outras espécies, o conhecimento humano vai sendo arquivado. Não desaparece em uma geração, para instintivamente surgir na próxima geração em sua busca pela sobrevivência. As gerações vindouras podem sempre partir de onde a geração anterior chegou em termos de conhecimento.

Mas o saber trouxe também ao homem outra consequência. Se, por um lado, o homem cada vez mais se sentia livre do domínio da natureza, por outro se tornava cada vez mais escravo das angústias de sua mente. Ao contrário dos outros animais, o homem é capaz de se lembrar do passado, e não apenas nos momentos em que isso é importante para livrá-lo de uma situação de perigo vivida anteriormente. Passou a lembrar-se do passado para tentar compreendê-lo. E essa se tornou a maior de todas as angústias do homem: a necessidade de ver sentido nas coisas.

Animais vivem o presente. Não precisam ver sentido nas coisas. Principalmente na existência. Simplesmente existem. Este é talvez o motivo pelo qual vários filósofos vejam um animal como a vaca sendo muito mais feliz do que o homem. Buscar algum sentido em tudo virou um tormento para a raça humana.

Jonas olhou as perguntas que tinha anotado no papel e fixou seu olhar na primeira delas: "Quem realmente sou?" Foi então que uma reflexão um tanto estranha lhe veio à mente. Existe uma pergunta que é anterior a esta, pensou. Por que preciso saber quem realmente sou?

Confuso e visivelmente angustiado por tudo o que havia passado em sua mente, achou que por ora já havia pensado o suficiente naquelas questões. Estava cansado e a dor de cabeça voltara. Decidiu ir dormir. Deitou-se na cama de hóspedes, deixando as roupas que havia separado sobre sua cama do quarto, e em poucos minutos já estava dormindo.

No meio da noite, sonhou que estava mergulhado em uma piscina. Flutuava, com os olhos abertos, sem sentir a ação da gravidade, e ouvia uma música clássica que parecia embalar o ritmo mais lento que se percebe existir dentro da água. Ao longe, de dentro da piscina, uma luz forte vinda dos refletores chamava sua atenção. De repente, uma súbita falta de ar o acometeu. Precisava urgentemente chegar à superfície para respirar novamente. Tentava nadar, mas sentia seu corpo pesado, sem sair do lugar... Teve a sensação de que morreria. Faltavam-lhe apenas alguns segundos de ar antes de perder a consciência...

Capítulo 14

— Voltem com as máquinas, rápido — pedia dr. Sean.

Jonas vinha respirando com o auxílio de aparelhos. Pela primeira vez desde a operação, a equipe médica tentara retirá-los e ver qual seria a reação do organismo. Não foi nada animadora. Jonas mostrou-se incapaz de respirar sozinho.

— Rápido, eu disse. Ele não resistirá a outra parada cardiorrespiratória.

Os aparelhos foram religados. Alguns segundos de angústia na equipe. Jonas respondeu ao procedimento, seu ritmo respiratório e cardíaco estavam restabelecidos.

— É... Será realmente um risco grande levá-lo neste estado para um lugar longe como o Brasil. Preciso ter uma séria conversa com os pais deste rapaz amanhã pela manhã...

• • •

Sandra e Davi chegaram eufóricos às 10 da manhã para falar com o dr. Sean. Tinham marcado um encontro em seu consultório, que ficava em um dos prédios que compunham o complexo hospitalar onde Jonas estava. Ao chegar, foram convidados pela secretária do médico para entrar na sala.

Compenetrado, o médico nem percebeu a entrada da secretária com os pais do jovem. Analisava os últimos relatórios que haviam chegado sobre o estado de saúde de seu paciente.

— Olá, doutor, bom dia! — sorriu Sandra, sem conseguir esconder um semblante bem mais animado que no dia anterior.

— Pois não... Opa, desculpem-me, senhores. Estava concentrado analisando os dados que acabaram de chegar sobre a saúde do filho de vocês. Foi uma longa noite...

— Doutor, trago ótimas notícias — seguiu a mãe de Jonas, interrompendo o discurso do médico. — Ainda ontem, saindo do hospital, ligamos para a sra.

Marjorie, secretária de nosso filho. Explicamos detalhadamente a situação e o quanto seria importante que Jonas pudesse passar estes momentos difíceis ao lado da família, no Brasil. Hoje pela manhã, ela nos ligou. Disse-nos que o seguro de saúde de Jonas é o mais completo da empresa onde trabalha, mas que infelizmente não cobria traslados intercontinentais em UTIs móveis, como lhe pedimos. Antes, porém, que eu desanimasse, disse-me que levou meu pedido ao presidente da empresa, que sempre foi muito próximo de nosso filho. Imediatamente, ele lhe disse: "Marjorie, não podemos recusar um pedido como este dos pais de Jonas. Também tenho filhos e sei o que devem estar passando. Estamos a poucos dias do Natal, do início de um novo ano, e tenho certeza de que será importante para o sucesso de sua recuperação estar com a família. Apesar do alto valor do transporte, sabemos que este foi um dos melhores anos de Jonas na empresa, e sua participação nos lucros é muitas vezes o valor que nos pedem agora. Eu autorizo o pagamento de todos os custos relacionados ao transporte para o Brasil. Lá, tenho certeza de que o plano de Jonas cobrirá as despesas médicas de sua recuperação." O senhor acredita, doutor?! Nosso filho pode ser transferido amanhã para o Brasil! Já até reservamos uma aeronave para fazer o transporte! Dependemos agora somente do senhor!

— Senhora, de minha parte, sinto dizer que não trago notícias tão boas... Esta noite, já contemplando a possibilidade de tornarmos operacional e financeiramente viável a transferência de seu filho, realizamos alguns testes, para ter uma noção mais clara de seu estado de saúde. Infelizmente, o quadro ainda é muito grave e o estado de saúde de seu filho, muito frágil.

— Quão frágil doutor? — perguntou Davi, sereno, mas preocupado.

— Sem a ajuda dos aparelhos, Jonas provavelmente sobreviveria apenas alguns minutos. Esta noite fizemos uma remoção controlada dos aparelhos que auxiliam seu filho a respirar para ver como o seu organismo se comportaria. Não obtivemos uma resposta favorável, Jonas não conseguiu voltar a respirar sozinho.

— O que isto significa doutor?

— Significa que, caso os senhores decidam transportá-lo para o Brasil, nada poderá dar errado durante o trajeto. Será como equilibrar-se horas sobre o fio de uma navalha. Não posso assumir essa responsabilidade. Sou obrigado a deixá-los cientes dos riscos. Caso queiram seguir em frente, precisarão assinar um termo de responsabilidade pelo que porventura possa acontecer com o filho de vocês.

— Nosso filho ainda corre risco de vida doutor?

— Após os últimos exames, temo dizer que sim — foi a resposta do médico.

— Dê-nos alguns minutos, por favor, para que possamos conversar, eu e meu marido.

Sandra e Davi então saíram da sala e foram conversar no corredor do andar.

— O que acha, querido?

— Não sei, tenho dúvidas. Racionalmente sei que Jonas teria de permanecer aqui nos Estados Unidos. Os hospitais são melhores, a infraestrutura disponível é mais moderna, e não corremos o risco do deslocamento para o Brasil, como nos alertou o doutor...

— É verdade, fiquei desanimada com esta última conversa.

— Mas não sei. Algo me diz que sua intuição inicial estava certa e devemos transferi-lo para o Brasil.

— Mas, amor, Jonas pode morrer no caminho...

— Sandra, Jonas pode morrer hoje. Não tapemos o sol com a peneira, o estado de saúde de nosso filho é gravíssimo. Verdadeiramente não temos como saber se, mesmo que volte do estado de coma, ele terá uma vida normal.

— Imaginar não ter mais Jonas é um sentimento desesperador. Eu não... Eu não... — As lágrimas interromperam a fala de Sandra.

— Não chore, Sandra. Jonas esteve morto durante todos estes últimos anos. Vimo-nos apenas um par de vezes desde que veio morar na América. Sua vida era para nós apenas um ato de fé. Na prática, pouco diferia de assistir a um vídeo antigo quando estávamos juntos ou ver fotografias que tiramos no passado. Por incrível que pareça, esse pode ser o renascimento de nosso filho para nós. E, se tivermos a graça de ver nosso filho nascer de novo, que nasça então onde nasceu a primeira vez, no Brasil!

Sandra então enxugou suas lágrimas, passou pela secretária do dr. Sean, e entrou sem ser anunciada, já dizendo:

— Decidimos, doutor. Onde precisamos assinar? Nosso filho embarca amanhã para o Brasil!

Capítulo 15

Jonas acordara intrigado naquele dia. Ter a sensação de estar muito menos do comando de sua vida do que imaginava trazia certa angústia. Pior do que isso foi perceber que, quando achou que estava finalmente dando um passo à frente em sua busca para descobrir quem realmente era, surgiu uma nova questão. Tinha caminhado para trás na sua busca.

No entanto, lembrou-se das citações dos filósofos gregos que defendiam que, ao caminhar para a dúvida, rumamos para a sabedoria. Aristóteles afirmava que a dúvida era o princípio da sabedoria. Seu mestre, Platão, ensinava que Sócrates tinha como um de seus pilares filosóficos o saber que nada sabia. "Só sei que nada sei", dizia Sócrates. Mesmo assim, aquilo incomodava Jonas, e ele não parava de pensar sobre *a razão de buscar sentido nas coisas.*

Foi então que um pensamento lhe ocorreu. Talvez a busca pelo sentido das coisas seja mais uma das tarefas que temos de enfrentar em nosso caminho, como consequência de termos a consciência de nossa ciência. Assim como os animais (nós, inclusive) sentem a necessidade de comer porque percebem que têm fome, também temos a necessidade de encontrar resposta para nossas questões existenciais porque percebemos que existimos. E isso talvez seja tão necessário para nós quanto a alimentação, raciocinou. Afinal de contas, quem se alimenta mal terá um corpo fraco, suscetível às doenças físicas. Quem não cuidar das questões da existência terá o espírito fraco, o que o tornará mais frágil diante das doenças do espírito e da mente. Buscar as respostas para o sentido da existência passaria a ser então, sob esta ótica, uma questão de sobrevivência!

As coisas começavam a fazer algum sentido. Seguindo o raciocínio, Jonas pensou que, quando estamos com fome e comemos uma pequena quantidade de comida, aquilo nos abre o apetite em vez de acalmar nossa fome. A situação piora antes de melhorar. Para curar as doenças do espírito e da mente, o mesmo talvez aconteça, pensou. Antes de elevarmos nossa mente e espírito, talvez piorem os sintomas que nos levam a alimentá-los. Por isso, a reflexão sobre a existência inicialmente gera angústia, agitação, tristeza e, em alguns casos, até estados depressivos.

São inúmeros os casos de filósofos que flertaram com a loucura e chegaram a quase dar fim a suas vidas por não aguentarem o sofrimento da busca. Mas, se continuarmos a saciar nossa mente com conhecimento e aprendizado, talvez em algum momento ela se acalme. Deverá então acontecer algo similar à forma como nos sentimos após comer, quando não entendemos como podíamos estar com fome antes, por já não sentir mais necessidade de comida. O estágio seguinte da busca frenética pelo sentido da existência talvez seja não precisar ver sentido algum na existência. Seria fantástico. Apenas existir, sem angústia alguma. Algo como um antídoto para o fardo que carregamos porque sabemos o que sabemos.

Uau, aquilo havia feito bem a Jonas! Já se sentia apto a voltar novamente para a sua primeira pergunta e seguir em sua busca. Mas não era só aquilo que lhe estava fazendo bem. Naquele dia, ele havia novamente acordado cedo. Resolvera fazer algo que sempre quisera, mas nunca havia feito. Decidiu que iria caminhando de sua casa até o escritório. Um percurso de quase 8 quilômetros! Já era o segundo dia consecutivo desde que decidira adotar hábitos mais saudáveis em sua vida. Incrivelmente, os resultados já começavam a aparecer. Sentia-se menos inchado, mais disposto e também feliz.

A sensação de bem-estar o fez pensar sobre como na vida adotamos pesos diferentes para as coisas. Nossas experiências estão longe de ter uma lógica matemática, pensou. Afinal, quando adoto hábitos menos saudáveis como comer petiscos gordurosos e consumir bebidas alcoólicas, a sensação de prazer é efêmera, dura poucos minutos. Já a sensação gerada por hábitos saudáveis dura todo o tempo. É tão longa que parece ser um estado de bem-estar e não apenas uma sensação. Por que, então, será que não raramente escolhemos o prazer efêmero em detrimento do mais duradouro?

A resposta parecia estar no imediatismo do nosso lado instintivo. Algo que o livro de etologia explicava muito bem. Os instintos levam a reações que visam o presente. Lá estava nosso lado animal, instintivo, falando mais alto novamente. Parecia-lhe incrível o fato de o conhecimento do futuro e do passado gerar angústias, mas não ser levado em consideração para controlar o lado instintivo do ser humano e lhe trazer bem-estar.

Essa ausência de lógica matemática parece estar também naquilo que chamamos de sorte, continuou o raciocínio. Passamos dias e dias vivendo coisas positivas em nossas vidas e não identificamos a sorte. Basta apenas uma coisa dar errado, porém, e passamos a nos ver como desafortunados. Como pode um infortúnio pesar mais do que dezenas de eventos bem-sucedidos? A resposta a essa pergunta, porém, lhe pareceu clara. Lembrou-se dos dois objetivos dos animais: reproduzir e sobreviver! Quando se trata de sobreviver, a matemática realmente falha. Porque um dia em que erramos ao tentar sobreviver anula todos os outros em que fomos bem-sucedidos, refletiu.

De tanto pensar nas questões que lhe haviam surgido, Jonas passara toda a manhã sem trabalhar. Precisava logo organizar suas coisas, pois ficaria vários dias fora do escritório. Ligou para Marjorie a fim de certificar-se do horário do voo no dia seguinte.

Capítulo 16

— O voo sairá às 10 horas da manhã — informou Marjorie.

— Algum motivo para ser diurno? — perguntou Sandra do outro lado da linha.

— Nenhum específico, senhora. Foi o único horário que consegui disponível para uma UTI móvel com as características detalhadas pelo médico do sr. Jonas.

— Muito obrigada, Marjorie.

— Senhora, posso lhe dizer algo? — continuou a secretária, antes que a mãe de Jonas desligasse o telefone.

— Claro, fique à vontade.

— Sempre tive um carinho enorme por seu filho. Apesar da rotina corrida de nossos dias no escritório, e de termos pouco tempo para conversar sobre coisas não relacionadas ao trabalho, seu filho sempre foi muito educado e gentil comigo. De alguma forma, sinto que está próximo a mim neste momento. É como se eu sentisse que ele pode me escutar.

— Talvez possa, sra. Marjorie. E saiba que me enche de orgulho ouvir suas palavras sobre meu filho. Reze por ele, ele precisa muito de nossas preces. Obrigada pelo carinho e pela ajuda que tem nos dado nesses dias. Não sei como teria resolvido todas as questões sem você.

— Conte comigo para o que precisar. Um abraço.

— Até mais.

Sandra desligou e foi atrás do marido para dizer que deveriam ir ao hotel arrumar suas malas, pois o avião partiria na manhã seguinte. Soube com Marjorie que ambos poderiam acompanhar Jonas durante o voo, mas precisavam chegar cedo ao aeroporto JFK. Jonas seria transportado de helicóptero do hospital até a pista do aeroporto, onde o avião UTI o estaria esperando com seus pais para seguir rumo ao Brasil.

Ao encontrar Davi, Sandra viu que ele conversava com um médico. Chegou por trás sem ser percebida e colocou uma das mãos em seu ombro:

— Querido...

— Espere, Sandra — disse o marido, virando o rosto rapidamente e logo em seguida dirigindo-se ao médico com quem falava.

— Prossiga, doutor. Amor, preste atenção no que este médico está falando.

— Como eu ia lhe dizendo, as notícias desta tarde nos deixaram mais animados. Os sinais vitais de seu filho continuam nos dando informações confusas, mas sua atividade metabólica, que corresponde à soma de todos os processos químicos e físicos que ocorrem dentro de seu organismo, tem apresentado resultados animadores.

— O que isso significa, doutor?

— Nosso organismo precisa basicamente de duas atividades para se manter saudável. A primeira é a atividade catabólica, que corresponde à quebra de substâncias para obtenção de energia. E a segunda, a anabólica, que é sua capacidade de transformar uma substância em outra para servir ao seu desenvolvimento e reparação. Imagine que, com o acidente de Jonas, milhares de estruturas de seu organismo foram lesionadas, rompidas, quebradas. É importantíssimo para sua recuperação neste momento que seu corpo seja capaz de reconstruí-las com eficácia; e os últimos exames de seu filho trouxeram boas notícias a esse respeito.

— Quais exames? — pediu, curioso, Davi.

— São vários, senhor. Um deles, o BMP, ou Perfil Metabólico Básico, permite que possamos realizar uma bateria de exames químicos no sangue e ter uma fotografia de como está sua atividade metabólica. Para nossa surpresa, hoje, percebemos que o metabolismo de Jonas tem apresentado uma eficácia incrível. É como se... — nesse momento, o médico fez uma pausa. — Como eu poderia explicar isso melhor aos senhores?

— Continue doutor, não se preocupe como nos dirá, não estamos aqui para avaliá-lo.

— Bem, espero que não me entendam mal. Mas a evolução do resultado dos exames mostra um quadro como se o filho de vocês estivesse se exercitando desde que sofreu o acidente. Não conseguimos explicar ainda os resultados, mas devemos celebrá-los. São um ótimo sinal de sua capacidade de recuperação.

— Obrigada, doutor, finalmente uma boa notícia! — completou, com alívio, Sandra.

— Permita-me discordar da senhora — retrucou o médico, com certo constrangimento. — O fato de seu filho ainda estar vivo e seguindo nessa luta pela recuperação deve ser encarado pelos senhores, a cada instante, como uma boa notícia.

— O senhor tem razão — reconheceu Davi, abraçando a esposa. — Somos também imensamente gratos pelo que os senhores vêm fazendo por nosso filho.

— Obrigado. Agora tenho que ir, os senhores me deem licença.

Assim que o médico saiu, Sandra disse ao marido

— Precisamos ir já para o hotel arrumar nossas coisas. O avião que levará Jonas ao Brasil vai sair às 10 horas da manhã do aeroporto JFK e precisamos chegar lá cedo! Quero aproveitar este final de tarde e comprar algumas roupas para nosso filho usar em sua recuperação! Quase em frente à casa dele, perto do nosso hotel, tem uma Bloomingdale's. É lá que farei minhas compras.

— Mas, amor, Jonas só usará as roupas quando sair da UTI!

— Por isso mesmo, temos de nos apressar! Jonas ficará novo em folha rapidamente. Vamos para lá agora!

Capítulo 17

— Experimente este perfume masculino, é o último lançamento da Chanel, dizia-lhe uma vendedora vestida de preto borrifando perfume numa tira de papel e levando quase ao seu nariz.

— Não, obrigado, senhora. Já sei o que vou comprar — respondeu Jonas, esquivando-se. Seu terno, porém, havia sido alvo do terceiro perfume em menos de um minuto, fazendo com que exalasse já um *blend* de Chanel, Bulgari e Calvin Klein...

Havia ido à Bloomingdale's, a menos de um quarteirão de seu prédio, para comprar alguns presentes para seus familiares e um belo presente para os 60 anos de sua mãe. Todas as vezes que ia lá se lembrava de Sandra. Era como se ela estivesse ali também, caminhando na loja em algum outro andar.

Já havia rodado alguns dos vários pisos da loja e ainda não tinha encontrado nada com que identificasse o gosto de Sandra. Foi então à seção de joias e relógios, para ver se encontraria algo com que pudesse presenteá-la pela data tão importante.

— Olhe este anel, senhor, é lindo. É um dos últimos lançamentos da Chanel. Esta coleção se chama "1932", e este anel é composto de diamantes que trazem este formato de rosa, cravejados em ouro branco de 18 quilates — dizia, entusiasmada, a vendedora, trazendo à mesa, sobre o feltro preto, um anel absolutamente deslumbrante.

— Realmente é lindo! — exclamou Jonas — Quanto custa? — perguntou, com medo da resposta.

Ao ouvir o preço, o coração de Jonas chegou a bater mais rápido.

— Mas como pode custar tão caro, senhora?

— Senhor, este é um dos anéis mais sofisticados da coleção da Chanel. Temos também lindos anéis de zircônia, que são quase iguais aos de diamante e possuem preços muito mais acessíveis. O senhor quer vê-los?

— Não, obrigado. Na verdade, gostaria de um de diamantes, mas talvez um pouco mais simples.

A vendedora foi então em busca de um anel de diamantes com um preço mais acessível, porém Jonas não conseguiu parar de pensar no que a vendedora havia dito: "São quase iguais aos de diamante."

É incrível a indústria que se criou para vender a imagem do "quase igual", refletiu. Em seu apartamento, a bancada da pia era de um material sintético que imitava o granito. Sua geladeira tinha um revestimento que imitava alumínio. O piso da casa de seus pais no Brasil era de uma porcelana "quase igual" ao mármore.

Por que será que as pessoas tinham toda essa preocupação em fazer parecer o que não eram? Incrivelmente, a necessidade de se criar uma aparência falsa transcendia os objetos e era levada para a própria vida das pessoas. Era assim também com seus corpos. Mulheres faziam plásticas nos seios e nas nádegas. Alisavam e pintavam os cabelos. Homens faziam implantes capilares e usavam roupas que disfarçavam os quilos a mais. Nos próprios discursos, as pessoas faziam questão de alterar a voz. Faziam-se passar por mais delicadas ou firmes, mais educadas ou propositalmente desleixadas. Mas para enganar a quem?, perguntou-se. Afinal de contas, o tempo sempre irá desvendar que o cabelo não é liso, que o rapaz não está em forma, que o piso não é de mármore, que o anel é apenas zircônia.

Só que, curiosamente, as pessoas passam a acreditar em sua própria mentira. O que sobra, então, quando cai a máscara? Quão longe está o rosto real dessa máscara formada por centenas de camadas de "quase iguais"? Tudo lhe parecia muito triste. Mas era também importante em sua busca de resposta para a primeira pergunta — aquela acerca de quem realmente era.

Agradeceu a vendedora e continuou procurando o presente para os 60 anos de sua mãe. Até que teve uma ideia fantástica. Louca, mas fantástica. Deixou a Bloomingdale's e foi correndo para casa.

Chegando em casa, imediatamente pegou papel e caneta e começou a escrever:

Minha mãe tão querida,
De todos os bens que juntei,
De você ganhei a vida
E da vida, de tudo o que sei,
Nada me serve agora
Para a armadilha
Onde vejo que entrei.

Quero dar-lhe um presente
Que encha o seu coração.
Busquei em todas as lojas,
Mas parece ter sido em vão.
Não me faltou grande procura,
Nem mesmo muita vontade,
Mas tudo o que vi perecia,
E mereces a eternidade.

Lembrei então de meu tempo,
Que é tudo aquilo que tenho
E, como areia, das mãos escorria.

Não sei se consigo, mas tento
Colocá-lo agora em texto,
Quem sabe até poesia.

Receba de meu coração
O mais caloroso carinho:
Um beijo de devoção
Do filho que a ama,

Ninho

Ao terminar, Jonas sorriu, realizado. — Escrevi uma poesia! Não é possível, minha mãe não vai acreditar que seu filho, executivo do mercado financeiro, amigo dos cifrões e jargões, foi capaz disso. Que bela ideia, presenteá-la com o meu tempo, a única coisa, afinal, que realmente leva algo de nós. Acho que é o presente mais bonito, e talvez o único de verdade que jamais terei dado a ela. Não me importa se ficou bela, sofisticada ou sonora. É disso que sou capaz. Este sou eu. E é com essa poesia que quero presenteá-la!

Foi então dormir, pois sabia que, no dia seguinte, deveria acordar cedo para seguir viagem ao Brasil.

Capítulo 18

O avião Learjet modelo Lear 25D estava pronto na cabeceira de uma das pistas auxiliares do aeroporto JFK. A equipe formada por um médico e dois enfermeiros estava já a postos do lado de fora da aeronave para receber Jonas, que chegaria de helicóptero a qualquer momento, vindo do hospital onde fora atendido. Davi e Sandra aguardavam ansiosos dentro da aeronave.

O helicóptero pousou bem próximo de onde o avião UTI os aguardava. O primeiro a descer do helicóptero foi o dr. Sean. Seguiu a passos rápidos em direção ao chefe da equipe médica do avião e falou-lhe algumas palavras. Provavelmente, informações sobre o paciente e os cuidados que deveriam ter durante o transporte. Em seguida, entrou na aeronave, e dirigiu-se até o assento onde estava Sandra.

— Seu filho é um guerreiro. Estou muito feliz em poder tê-lo mantido vivo e com esperanças de que se recupere. Confesso que é um dos casos mais graves, e, talvez, com que mais tenha me envolvido emocionalmente em toda minha vida. Não acredito em Deus, a medicina ao longo desses vários anos foi muito dura em mostrar-me que nossa vida é um sopro, e que os motivos que nos levam embora pouco têm a ver com a forma bondosa como vivemos. Portanto, não rezarei por ele. Mas torcerei pela sua recuperação. Acordarei todos os dias imaginando como ele está no Brasil. Saibam que passei a ter por ele um carinho quase de pai, e vejo-o partir já com saudade. Parabéns pela bela família que construíram — disse Sean já com olhos marejados. Deu um abraço em Sandra e em seguida apertou de forma firme a mão de Davi, dizendo-lhe apenas: — Força, meu amigo! — E seguiu de volta para o helicóptero.

Tiraram Jonas do helicóptero numa maca que o imobilizava e dava segurança para que a transferência entre as aeronaves fosse feita. De várias partes de seu corpo, saíam fios que se conectavam a diversos monitores e aparelhos que se espalhavam por quase toda uma das laterais e a parte traseira da maca. Foi levado cuidadosamente até o avião e embarcou.

Os aparelhos foram então realocados em prateleiras e painéis dentro da aeronave, as portas se fecharam e o médico deu o sinal de "ok" com os dedos da mão para que piloto e copiloto soubessem que podiam partir.

Os pais de Jonas olhavam para o filho, inconsciente e conectado a todos aqueles aparelhos enquanto o avião acelerava na pista. Finalmente decolaram. Sandra percebeu que, surgindo do seu lado, um fino raio de sol brilhava intensamente, invadindo o ambiente escuro do interior da aeronave. Resolveu abrir mais um pouco a janela para contemplar a vista enquanto subiam. Viu uma espessa camada de nuvens brancas como algodão serem cortadas pelo jato e um céu imenso e azul como o mar surgir à sua frente. Começou a chorar.

A cena era dotada de um simbolismo enorme. Seu filho estava na luta entre a vida e a morte. Ela, uma católica devota, acreditava em céu e inferno. Juntos, ambos se elevavam acima das nuvens, naquele momento chegando ao céu, sob o silêncio e a plenitude de um olhar para o infinito.

Sandra então se pôs a rezar:

— Deus, por tantas vezes o senti tão perto e, no entanto, estive tão longe. Em outras, fiz de tudo para vê-lo junto a mim, mas em confissão assumo: não consegui percebê-lo ao meu lado, sentia que estava distante. Hoje, aqui estamos, curiosamente juntos nos céus. Eu e você unidos, como eu talvez nunca tenha experimentado em toda a minha vida. Sinto que um dia me dirá: "Minha filha, estivemos sempre juntos, você que não soube ver." É possível, senhor, mas, se eu não soube ver, será que realmente estivemos juntos? Hoje posso ver. Vejo-o ao meu lado, pairando sobre estas nuvens, abraçando este avião e tudo o que existe dentro e ao redor. Tenho hoje algo muito especial para lhe pedir. Não se surpreenda quando lhe disser que não pedirei pela saúde do meu filho. É claro que você não se surpreenderia com nada, afinal, é Deus. Certamente já sabe o que pedirei antes mesmo de que eu o faça. Peço hoje por mim. Peço que eu saiba, a partir de hoje, viver de forma a não deixar mágoas. Coisas malfeitas ou por fazer. Abraços não dados, elogios esquecidos ou beijos sem sentimento. Peço que eu saiba dizer às pessoas o quanto são importantes para mim, mas, talvez mais importante ainda, que eu saiba dizer para mim sempre o quanto *eu* sou importante para mim. Não sei se desta vez, mas algum dia meu filho partirá. Talvez depois de mim, talvez antes, mas o certo apenas é que partirá. Assim também um dia partirão Davi, meus irmãos, meus amigos e eu.

Percebo que o que me deixa mais triste hoje não é a possibilidade de perder meu filho. É a possibilidade de perdê-lo agora, sem que, até hoje, eu tenha agido desta forma como lhe peço. Quero ainda poder beijá-lo, dizer o quanto é importante para mim, o quanto o amo. Quero perguntar onde errei, deixá-lo livre para fazer escolhas, algo que talvez nunca o tenha deixado fazer com liberdade enquanto vivemos juntos. Quero quebrar a corrente que construí ligando nós dois no dia em que Jonas nasceu, e que até hoje não tive coragem de romper. Sinto que só sem correntes saberei se estamos realmente juntos. Sentirei o que nos une de verdade, o que realmente sentimos um pelo outro. Quero fazer isso com todos aqueles que amo. Talvez assim tenha menos, mas o que terei será de verdade. E o dia que perder aquilo que tenho, pelos desígnios seus e da vida, não ficarei tão triste. Pois saberei que terei tirado da vida aquilo que realmente ela tinha para me oferecer. Agradecendo por sua infinita caridade, amor e compreensão de Pai, entrego-lhe agora o futuro de meu amado filho. Amém.

Uma paz incrível tomou conta de Sandra. Vivia ali um momento sublime. Em todos os sentidos da palavra. Alto, nas nuvens, perfeito, majestoso, poderoso, excelso, aquele que fica acima de nós. Sentia a presença e o conforto de Deus ao seu lado. Era capaz de ouvir a melodia contida no silêncio entre os bipes dos aparelhos ligados a Jonas. De repente, toda a paz foi quebrada por uma forte chacoalhada do avião. A voz do comandante pôde ser ouvida:

— Por favor, senhores, apertem os cintos. Estamos passando por uma área de grande turbulência.

Capítulo 19

O voo de Jonas seguia extremamente prazeroso e calmo. O dia estava lindo, com pouquíssimas nuvens entre o avião e o mar da Costa Leste americana, e o sol entrava por algumas janelas deixadas abertas pelos passageiros, iluminando o interior da aeronave. Incrível, não haviam experimentado turbulência alguma até aquele ponto — algo raro nos voos que havia feito para o Brasil. A lembrança das turbulências trouxe um questionamento curioso a Jonas: quando meu corpo oscila com uma turbulência, oscila também minha consciência? Numa resposta clara, pareceu-lhe que não. A consciência parecia ser algo inteiramente conectado, mas paradoxalmente num plano diferente de seu corpo físico. A consciência não deve experimentar turbulências, pensava.

Também acredito que não experimente dores ou cansaço. Pelo menos não as dores físicas. Se não experimenta dores nem cansaço, e não se abala com as chacoalhadas do corpo, só pode ser afetada pelas doenças do espírito. A cura do espírito e da mente tornaria a consciência indestrutível, inabalável, concluiu. E, como somos um reflexo de nossa consciência, isto nos tornaria também fortes como nunca pudemos imaginar que seríamos. Seria inevitável um reflexo do fortalecimento da consciência em nosso corpo físico. Curiosamente, parecia uma ponte capaz de conectar e fortalecer esses dois planos distantes e conexos. Jonas se sentiu forte somente em pensar nessa possível relação de causa e efeito.

Olhou para o lado e viu uma senhora que parecia ter os pensamentos longe dali. Sentava-se à janela e mirava o horizonte, mas com um olhar perdido na imensidão azul do céu sem nuvens que se via pela janela do avião. Jonas não gostava de viajar na janela. No corredor, podia esticar suas longas pernas e aliviar as dores no joelho fruto do forte treinamento nos anos em que fora jogador de basquete. Tinha também mais liberdade para levantar-se quando bem entendesse para beber água, ir ao toalete ou mesmo dar uma caminhada pelo corredor da aeronave.

Ao perceber o olhar perdido da passageira ao lado, lembrou-se de uma frase de Santos Dumont: "As coisas da vida são mais belas quando vistas de cima." Pensou um pouco sobre a frase e disse a si mesmo:

— Discordo! Não acredito que as coisas sejam mais belas vistas de cima. A frase me parece um tanto covarde. Aceito que as coisas sejam mais simples vistas de cima, mas não mais belas. Afinal, qual a definição de beleza? Problemas, imperfeições e arestas não anulam a beleza. Muito pelo contrário, são todos esses fatores juntos que a delineiam. Como achar mais belas as coisas vistas de cima, se uma árvore com galhos que se abrem como fios de uma teia de aranha para formar uma bela e frondosa copa com diversos tons de verde e amarelo passa a ser somente um ponto verde? Onde estão os pequenos pássaros, os cães, os riachos que bailam entre as pedras, os barcos a vela que singram o oceano? Daqui de cima, nenhum deles pode ser visto. De cima, tudo é nada, e nada é tudo. É incrível como temos a tendência de nos afastar das coisas para poder vê-las de uma forma mais simples, e usamos como subterfúgio a ideia de que vistas deste ângulo são mais belas. Não acho que Dumont foi feliz ao proferir esta frase. Mas permitiu que pudéssemos perceber uma característica típica humana. Afinal, somos assim com as paisagens, mas também com as pessoas — e com os problemas e as crenças. Ansiando não vê-las perto o suficiente para que surjam dúvidas, estamos ao mesmo tempo nos privando da possibilidade de entendê-las.

— Não seríamos também assim com nós mesmos? — continuou. — Não estaríamos usualmente optando por olhar para quem somos de uma longa distância para também parecermos belos diante de nosso olhar crítico? Mas será que esse olhar, distante, é capaz de nos mostrar quem realmente somos, ou vê no máximo a máscara que criamos e mostramos ao mundo? Está claro que, para responder à minha primeira pergunta, tenho que ter a coragem de ver as coisas de perto. Quando este avião pousar em Campinas, a paisagem deixará de ser formada por cores que se encaixam como peças de um quebra-cabeça para tomar sua real forma, imperfeita, complexa e dinâmica. E espero eu também poder pousar dentro do Jonas que realmente sou, e poder responder às minhas perguntas.

•••

A noite pairava sobre a cidade de São Paulo e o comandante anunciou que dali a instantes pousariam no Aeroporto Internacional de Cumbica. Jonas recolocou o assento para a posição vertical, fechou a mesinha à frente, onde seu livro de etologia repousava aberto já em uma de suas últimas páginas, e afivelou o cinto de segurança. Não era possível ver nada, ou quase nada, pela janela do avião. O céu estava muito nublado, e riscos grossos de água eram desenhados na janela da aeronave, anunciando o forte temporal de verão que caía sobre a cidade. Clarões surgiam no meio das nuvens negras, e Jonas não sabia diferenciar o que eram raios e o que eram sinais de que a cidade e a pista de pouso se aproximavam. O barulho do trem de pouso abrindo pôde ser ouvido de dentro da aeronave, antecipando que logo pousariam na pista do aeroporto. Os *flaps* estavam já em sua graduação máxima, fazendo com que o avião reduzisse a velocidade e se preparasse para tocar o chão. De repente, ouviu-se um forte barulho e pôde-se perceber que o avião voltara a acelerar. Os riscos de água na janela deixaram de cortá-la na horizontal para passar a descer rapidamente na vertical, sinalizando que o avião voltara a subir. O semblante dos passageiros demonstrava preocupação. O comandante então foi ouvido pelo sistema de alto-falantes da aeronave:

— Boa noite, senhores passageiros. Devido às péssimas condições meteorológicas e baixíssima visibilidade, teremos de alterar nosso local de pouso para o aeroporto de Viracopos, em Campinas. Assim que pousarmos, nossa equipe de solo providenciará transporte terrestre para o aeroporto de Cumbica em

Guarulhos e acomodação, caso seja necessário. Peço desculpa pelo inconveniente.

Na verdade, aquela situação era relativamente comum. Além das fortes chuvas de verão que costumavam castigar a cidade durante essa época do ano, o aeroporto internacional havia sido construído numa região onde frequentemente as condições para o pouso eram precárias devido ao acúmulo de nebulosidade. Jonas lembrou que ironicamente a palavra "Cumbica", em tupi, queria dizer "nuvem baixa". Aparentemente um lugar desaconselhável para se construir um aeroporto. Para Jonas, a mudança de planos caíra como uma luva, afinal pousaria ao lado de casa, e logo poderia estar com seus pais.

O tempo de voo até Viracopos foi curto. Em cerca de quinze minutos, o comandante novamente acionou o sistema de alto-falantes para avisar que, em instantes, estariam pousando em Campinas. Alguns passageiros, no entanto, estavam ainda desconfortáveis pelo fato de o avião ter arremetido na última tentativa de pouso, incluindo a senhora ao lado de Jonas.

Jonas sentiu algo tocando seu braço. Era a mão da senhora, que segurava a sua enquanto rezava, de olhos fechados. Inexplicavelmente aquele toque tinha algo de familiar a Jonas. O calor que vinha daquela mão, o cheiro que podia sentir, o carinho que involuntariamente recebia com o polegar. Jonas sentiu-se em paz.

Capítulo 20

Finalmente o avião UTI iria pousar em Campinas. Este, aliás, era um dos pontos que deixara Sandra mais tranquila em relação ao traslado do filho. Sua cidade possuía um dos aeroportos mais modernos do país, capaz de receber inclusive voos internacionais de carreira quando estes não conseguiam pousar em São Paulo. Poderiam, portanto, pousar já em sua cidade e próximos ao hospital para onde Jonas seria transferido, o Hospital das Clínicas na Unicamp, de grande porte e com tecnologia médica de ponta. Era uma referência em todo o país. Ele mesmo, Jonas, havia sido aluno da Unicamp no curso de economia — e fora um dos estudantes de maior destaque em toda a história do curso. A notícia de seu acidente havia caído como uma bomba na universidade, que já havia preparado um grande esquema para recebê-lo.

O piloto avisou que em breve iriam pousar. Sandra inclinou-se em direção à maca de Jonas e segurou firme a mão dele. Enquanto o avião pousava, Sandra rezava e acariciava a mão do filho. O jato tocou suavemente a pista de Viracopos. Logo já estavam parados aguardando a abertura das portas da aeronave. O voo tinha sido um sucesso. Jonas passava bem, e Sandra sentia-se vitoriosa!

Uma ambulância UTI já aguardava Jonas ao lado da pista. Sua maca foi então cuidadosamente retirada do avião, junto com os aparelhos que monitoravam seus sinais vitais, e transferida para dentro do veículo. Eram já 11 da noite, e naquele horário o trânsito nas ruas de Campinas era quase inexistente. Em poucos minutos, chegaram ao hospital e uma equipe médica, que cuidaria de Jonas dali em diante, aguardava ansiosa para levá-lo até o quarto da Unidade de Terapia Intensiva. A maca seguiu então empurrada por um enfermeiro até o Bloco D2, onde ficavam a UTI adulta e a ala de transplantes do hospital.

Os pais de Jonas seguiam de perto atrás da maca. No momento, porém, em que o enfermeiro entrou no quarto onde Jonas permaneceria, um médico interceptou os pais de Jonas e disse:

— Desculpem-me, senhores, mas vocês só poderão acompanhá-lo até aqui.

— Olá, doutor. Somos os pais de Jonas, estamos acompanhando nosso filho desde que saiu dos Estados Unidos — disse Davi.

— Sou o dr. Sérgio Trigueiro. Sou neurocirurgião e clínico aqui no Hospital das Clínicas e estarei, com minha equipe, responsável pelos cuidados de seu filho a partir de hoje. O horário de visitas da UTI adulta e pediátrica em nosso hospital é das 16 às 17 horas, exceto às quintas-feiras, quando os pacientes recebem visitas das 14 às 15 horas. Imagino como devem estar se sentindo, mas peço que compreendam e respeitem as regras do hospital.

— Entendemos, doutor. Estamos realmente muito abalados com toda essa situação.

— Posso compreender. Se me permitem sugerir, por que não vão para casa, descansam um pouco e amanhã fazem uma visita ao filho de vocês? Devem estar exaustos depois de toda essa jornada. Garanto que ele está bem instalado, e a equipe que cuidará dele dará toda a assistência necessária.

— O senhor tem razão. Estamos realmente exaustos. Podemos contar nos dedos as horas de cochilo que tivemos ao longo desses últimos quatro dias. Precisamos realmente descansar. Por favor, cuide bem de nosso filho, é o único que temos...

— Faremos tudo o que estiver ao nosso alcance, senhora. Nos vemos amanhã, quando devo ter notícias do estado de seu filho. Até mais.

Sandra e Davi despediram-se e foram para casa descansar um pouco.

O dr. Sérgio entrou no quarto onde estava Jonas e se debruçou sobre os relatórios que continham o histórico do paciente desde o momento do acidente até os últimos exames e análises clínicas realizados antes de seu embarque para o Brasil. Enquanto estudava os relatórios, a primeira impressão que lhe veio à mente foi: "Meu Deus, é um milagre que este rapaz ainda esteja vivo depois de tudo o que passou. Trazê-lo ao Brasil foi uma loucura. Eu, como médico, não teria nunca indicado esta transferência."

Pegou então o telefone e discou o número da enfermaria.

— Enfermaria, boa noite.

— Boa noite. Quem fala, por favor?

— Enfermeira Cleide. Em que posso ajudá-lo, senhor?

— Olá, Cleide, aqui é o dr. Sérgio. Falo da UTI Adulta, do quarto do paciente Jonas. Poderia, por favor, pedir a equipe de enfermeiros que cuidará dele venha até aqui para que eu possa passar as coordenadas?

— Claro, já estão indo encontrá-lo, doutor.

Alguns minutos depois, um enfermeiro e uma enfermeira entraram na sala onde Jonas estava. Primeiro entrou Jefferson, jovem forte, moreno, nascido e criado em São Caetano — cidade vizinha à capital paulista — e recém-formado em enfermagem. Fora um dos melhores alunos de seu curso e isso havia lhe assegurado uma vaga naquele que era um dos hospitais mais disputados em todo o país. Em seguida, entrou Gisele, uma jovem linda. Tinha pele bem clara, cabelos castanhos com mechas quase louras, algumas sardas nas maçãs do rosto e usava pequenos óculos de armação cor de vinho. Era alta, com quase 1,80 metro, tinha ombros largos e corpo esguio, dos tempos em que era nadadora, e usava o cabelo preso num rabo de cavalo, que deixava à mostra uma pequena tatuagem na nuca com as iniciais dos nomes de seus pais dentro de um símbolo de Yin-Yang, que representava a perfeita harmonia que via naquele casamento, que já durava quase quarenta anos. Gisele tinha 34 anos e dois irmãos mais velhos, ambos médicos, um com 36 e o outro, 37 anos.

— Boa noite, senhores — cumprimentou o dr. Sérgio.

— Boa noite, doutor — responderam.

— Temos aqui um caso muito grave. Trata-se de um paciente em coma induzido, vítima de um sério atropelamento. Vinha sendo tratado até agora nos Estados Unidos...

Enquanto o médico falava, Gisele movia-se para mais perto do paciente a fim de poder vê-lo em meio aos fios, mangueiras e ataduras que escondiam boa parte do corpo e a face. Aos poucos, encontrou um rosto por trás de toda aquela parafernália. Parecia-lhe incrivelmente familiar. Chegou mais perto. Moveu delicadamente alguns fios a fim de poder vê-lo com mais clareza, enquanto o médico terminava sua descrição do paciente.

— ... seu nome é Jonas Andrade — concluiu o médico.

— Não acredito — exclamou Gisele, sem perceber que tinha falado em voz alta. Este é o Ninho, pensou, surpresa.

Capítulo 21

Assim que o avião pousou, Jonas pegou suas malas e seguiu direto para a casa de seus pais. Como o voo acabara aterrissando em Campinas devido ao mau tempo no aeroporto de São Paulo, Jonas estava já bem próximo de casa. Sua chegada estava programada para dali a dois dias, por isso tinha certeza de que seus pais ficariam muito felizes e surpresos ao vê-lo chegar. Pegou um táxi no aeroporto, ajudou o motorista a carregar a bagagem e colocar no porta-malas, e seguiu rumo à casa de seus pais.

As ruas, já sem trânsito, faziam do trajeto algo incrivelmente rápido. Em alguns minutos, Jonas estaria em casa. No meio do caminho, porém, pediu que o táxi parasse em um posto de gasolina para comer um sanduíche antes de chegar. Estava faminto, e sabia que, quando encontrasse seus pais, imediatamente se envolveria em longas conversas, o que o deixaria ainda mais tempo sem comer.

Logo adiante, viram um posto com loja de conveniência. Estava lotado de carros, alguns com os porta-malas abertos e músicas eletrônicas tocando com potentes alto-falantes. Os jovens da cidade costumavam se reunir ali para tomar algumas cervejas e energéticos antes de seguir para as baladas. Era sexta-feira, dia de festa.

Já na loja, escolheu um sanduíche natural, de frango com passas. Pegou ainda uma água de coco — tão comum no Brasil e que só recentemente começava a ganhar espaço nos Estados Unidos — e dirigiu-se ao caixa para pagar a conta. Caminhou até uma das mesinhas que se espalhavam por dentro da loja, e sentou-se numa das banquetas.

Enquanto comia, a porta da loja se abriu e um grupo de cinco pessoas entrou e se dirigiu à prateleira de bebidas. Jonas olhou para os jovens. De todos, uma lhe chamou muito a atenção. Era incrivelmente bonita. Seus cabelos castanho-claros desciam ondulados e brilhantes até repousarem delicadamente sobre belos seios que delineavam um discreto, mas sedutor, decote no vestido. Era alta, pernas torneadas de atleta, e tinha uma postura imponente, realçada pela forma como erguia o ombro, que pendia para trás, sinalizando costas magras e musculosas. Seu rosto era angelical, e os olhos castanhos refletiam as sardas que as maçãs do rosto exibiam como pequenas estrelas capazes de brilhar em sua alva pele. Quanto mais olhava para a jovem, mais sentia que a conhecia de algum lugar. Num dado momento, a jovem percebeu que Jonas a olhava, deu um tímido e sedutor sorriso, e surpreendentemente caminhou em sua direção. O rosto era mais e mais familiar, até que, quando chegou perto, Jonas se lembrou:

— Gi!

— Ninho! Ou devo chamá-lo de Jonas, agora que você é um executivo de sucesso de quem tanto ouço falar? — disse Gisele, enquanto abria um largo sorriso e abraçava-o, repousando a cabeça em um de seus ombros.

— Que saudades de você, menina! Nem acredito que fui encontrar logo você aqui. Acabo de chegar dos Estados Unidos. Vou passar as festas e a virada de ano com meus pais!

— Que coisa boa, querido! Nossa, faz tanto tempo que não nos vemos... Você ganhou uns bons quilos, hein, rapaz — disse Gisele, dando uma gargalhada que demonstrava intimidade suficiente com Jonas para tecer aquele comentário.

— É verdade. Já você está ainda mais linda... — elogiou Jonas, deixando Gisele um pouco corada.

— Tenho que ir, Jonas. Meus amigos estão esperando no caixa. Viemos comprar algumas bebidas para a festa de aniversário do Jorginho, lembra dele?

— Claro! Meu Deus, o Jorginho! Como ele está? Aquela fera no tênis ainda?

— Acho que nunca mais pegou numa raquete, acredita? Virou um superadvogado, e hoje toca um escritório com mais de dez sócios e uns trinta funcionários. Quer ir conosco?

— Adoraria, Gi... Mas estou com as malas no carro e tenho de ver meus pais. Vamos nos encontrar amanhã. O que acha de um almoço? Adoraria vê-la logo novamente, temos tanto para falar...

— Eu já tinha combinado um almoço — respondeu Gisele, percebendo o semblante frustrado de Jonas. — Mas... combinado, Ninho! Vamos almoçar amanhã. Dou um jeito de remarcar o meu compromisso para outro dia.

— Que bom. Um beijo, Gi. Mande um abraço grande para seus pais. Faço questão de encontrá-los enquanto estiver aqui no Brasil.

— Beijo, Ninho. Até amanhã.

Gisele seguiu em direção à saída, enquanto Jonas a acompanhava com os olhos brilhando. Que sorte encontrá-la logo em minha chegada ao Brasil, pensou. De alguma forma, sentia que não havia parado naquele posto de gasolina por acaso...

Voltou então para o táxi e seguiu para a casa dos pais. No breve tempo que ainda restava até lá, seus pensamentos foram invadidos por várias memórias de Gisele dos tempos em que estudavam juntos no colégio.

Gisele sempre fora a menina mais bonita da turma. Desde os 12 anos, estudou com Jonas num colégio católico, da ordem dos jesuítas, em Campinas. Tornaram-se grandes amigos, porém, apenas mais tarde, por volta dos 14 anos. Nesse período, além do contato que mantinham na escola, encontravam-se quase todos os dias no clube onde treinavam: Jonas, basquete, e Gisele, natação. Nutriam uma espécie de amor platônico mútuo e, quanto mais amigos se tornavam, mais se sentiam constrangidos de assumir o sentimento de um pelo outro. Passaram a ser confidentes, falavam tudo que iam experimentando na transição da adolescência para juventude. As festas aonde tinham ido, as garotas e garotos com quem tinham ficado, as primeiras experiências sexuais, as bebidas e drogas que tinham experimentado. No vestibular, escolheram caminhos distintos. Gisele, influenciada pelos dois irmãos mais velhos que cursavam medicina na Unicamp, optou pelo curso de enfermagem. Jonas foi estudar economia, a fim de seguir o sonho que acalentava desde os primeiros anos de colégio: ser rico.

Ficou surpreso ao lembrar-se de tantos momentos vividos com Gisele na adolescência. Incrível, quando uma memória vinha à sua mente, aquilo parecia se desdobrar num processo que trazia ainda mais memórias de momentos que nunca imaginara ser capaz de lembrar. Onde estariam guardados todos aqueles pensamentos, aquelas memórias, durante todo o tempo? Em algum lugar em minha mente, claro, ou não viriam à tona, pensou.

O raciocínio de Jonas foi além. Se todas essas memórias estão guardadas em algum lugar, mesmo quando não sou capaz de me lembrar delas, teriam elas algum efeito na forma como reajo às situações? Afinal, assim como as conversas com Gisele, lá deveriam estar também as vezes em que seu pai perdera a paciência e lhe batera com o cinto. As broncas de sua mãe falando que só sabia falar de basquete e que, caso não se dedicasse aos estudos, estaria fadado a fracassar na vida. A surra que tomou de um colega mais velho do colégio, após uma confusão numa partida de futebol. As vezes em que seu pedido para dançar músicas lentas nas festas fora negado pelas meninas da sala. Estariam todas essas memórias trabalhando de maneira a moldar, mesmo que de forma não consciente, aquele Jonas que era hoje?

Lembrava-se de ter lido algo nesse sentido nos textos de Freud sem ter entendido muito seu significado. Naquele momento, a ideia tornava-se mais clara. Mais ainda, somava-se aos outros pensamentos que já havia tido ao longo desses últimos dias no sentido de responder suas questões. Sentiu que, para descobrir quem realmente era, precisava abrir essa caixa de Pandora e, mesmo que doesse, entrar em contato com tudo aquilo que pudesse lembrar sobre as experiências que tinha tido na vida. Ele era, afinal, a soma de todas elas. Aqueles dias em Campinas o ajudariam muito.

— Chegamos, senhor — disse o motorista do táxi, interrompendo-lhe os pensamentos. — São 50 reais.

Capítulo 22

Jonas desceu do táxi e tocou a campainha de casa. As luzes estavam apagadas. O cachorro da casa vizinha, percebendo a presença de uma pessoa no portão da casa dos pais de Jonas, começou a latir. As luzes da lateral da casa, onde ficava o quarto de seus pais, acenderam, depois a luz da sala, e detrás da porta de entrada veio a pergunta:

— Pois não, quem é?

— Sou eu, mãe, Ninho!

Jonas ouviu, a seguir, o barulho dos vários cadeados de segurança da porta sendo destrancados. A porta se abriu e ele viu sua mãe — vestida com uma camisola de algodão branca adornada por pequenos desenhos de flores coloridas — abrir os braços e um sorriso que parecia querer também abraçar o filho. Jonas atirou-se nos braços dela, apertou-a forte como há muito tempo não fazia.

— Meu filho, que surpresa... Achei que você chegaria só no domingo.

— Eu sei, mãe. Mas tanta coisa aconteceu — disse Jonas com o rosto rente a seu ouvido enquanto ainda a abraçava.

— Que saudades de você. Tenho pensado tanto em você nestes dias.

— Desculpe, mãe. Desculpe — repetia Jonas sem conseguir conter as lágrimas que já corriam de seus olhos.

— Vamos entrar, filho. Seu pai já está dormindo, mas eu estava rolando na cama sem sono. Parecia pressentir que você chegaria... Deixe as coisas no seu quarto e venha para a sala para conversarmos.

Ele enxugou as lágrimas que corriam pelo rosto e foi até seu antigo quarto levar as malas que trouxera dos Estados Unidos. Ao entrar no quarto, várias memórias voltaram a invadir sua mente, assim como acontecera havia pouco, quando estivera com Gisele. Os porta-retratos sobre a escrivaninha, os livros da faculdade, alguns brinquedos de quando era ainda mais jovem, a cama em que dormira por quase toda a vida. Todos ali, objetos sem vida, mas cheios de memória. Era como se fossem todos pedaços de Jonas. Eles e todos os outros que fizeram parte de sua vida. De alguma forma, acabamos desenvolvendo uma relação quase simbiótica com os vários objetos com os quais interagimos em nossas vidas, pensou. O que é curioso, porque a simbiose implica uma relação entre dois organismos vivos, daí o fragmento "bio" da palavra.

Mas como podemos desenvolver essa relação com objetos sem vida? A verdade é que, ao se tornarem pedaços de nossas rotinas, parecem ganhar uma vida que não possuem. Nesse momento, desenvolvemos algo completamente curioso, o apego aos objetos. Não somos capazes de jogar fora um caderno com anotações que fizemos quando éramos mais novos. Choramos quando perdemos uma caderneta escolar de quando éramos meninos. Este apego, esta ligação com os objetos, vem, parecia-lhe claro, do pedaço de memória que associamos a cada um deles. E se — como acabara de pensar — somos também a soma de todas nossas memórias, esses objeto são, enquanto existem, pedaços nossos. Quando se vão, morremos também um pouco. O que não é necessariamente ruim, pois nos mostra que a morte não é apenas um evento binário. É possível morrer somente um pouco?, pensou, já agora confuso com seus pensamentos. Seria, portanto, a parte viva remanescente capaz de curar a parte morta, substituindo-a por outra parte melhor? Do mesmo jeito que cadernos e cadernetas são perdidos, e representam apenas memórias, serei eu também capaz de perder as lembranças dos momentos que hoje de alguma forma me impedem de crescer? Talvez fosse então capaz de substituí-los com as boas memórias e pensamentos que também povoam minha mente! Parecia lógico o raciocínio Mais do que isso, revelador. Estava em Campinas havia poucas horas e já podia perceber como aqueles dias seriam fundamentais para sua busca.

Foi para a sala, onde a mãe o esperava para conversar. Sentou-se na poltrona ao seu lado, um confortável assento de couro preto com um espaldar reclinável que seu pai usava para assistir à televisão ao lado de Sandra.

— Meu filho, você está lindo! É tão bom vê-lo... Tenho andado muito preocupada com sua saúde. Essa vida louca que você vive...

— Eu sei, mãe. Sabia que pelo menos você me acharia lindo — disse Jonas, rindo para a mãe, lembrando do comentário de Gisele sobre os quilos a mais adquiridos nos últimos anos em Nova York. — Mãe — continuou ele —, o que eu fiz no dia do seu aniversário foi imperdoável. Na verdade, imperdoável foi o que eu não fiz. Até agora não me perdoo por não ter telefonado para cumprimentar você pelos

60 anos. Logo você. Preparei, porém, uma surpresa. Não sou muito bom nisso, e não sei se vai gostar, mas quis lhe dar algo especial que durasse até o último dia de sua vida.

Levantou-se, pôs os óculos que carregava entre os botões da gola de sua camisa polo, e tirou um pedaço de papel do bolso.

— Preparei uma poesia pra você, mãe.

Começou a declamar para a mãe. Logo depois dos primeiros versos, Sandra já não conseguia conter as lágrimas, que vertiam cada vez com mais intensidade à medida que Jonas seguia a leitura.

> *"Receba de meu coração*
> *O mais caloroso carinho:*
> *Um beijo de devoção*
> *Do filho que a ama,*
> *Ninho"*

Quando Jonas terminou, recebeu imediatamente um caloroso abraço da mãe, que, aos soluços, tentava dizer algo.

— Este foi o melhor presente que já recebi em toda minha vida, meu filho!

Capítulo 23

Sandra acordou no meio da noite.

— Davi, acorde! — exclamou, acendendo a luz do abajur.

— O que foi, amor? — perguntou o pai de Jonas, saltando assustado da cama. — Alguma notícia de nosso filho?

— Talvez — disse Sandra, com lágrimas nos olhos. — Acabo de ter um lindo sonho com ele. Pude quase senti-lo abraçar-me enquanto o via. Talvez seja uma notícia de que está bem.

— Que bom, querida — abraçou-a Davi, com os olhos ainda fechados de sono. — Mas tente dormir, amanhã teremos outro longo dia.

Sandra apagou a luz e ficou ainda alguns instantes sentada na beira da cama lembrando-se do sonho. Depois, deitou-se novamente e voltou a dormir.

• • •

Eram 10 horas da manhã quando Sandra e Davi acordaram. Fora a primeira noite em que conseguiram descansar desde o acidente. Sentaram-se juntos para tomar café da manhã.

— Sabe em que estive pensando durante toda esta noite, querido?

— No quê? — indagou Davi, enquanto servia o suco de laranja para a esposa.

— É curioso, mas, desde que Jonas nos deixou para morar nos Estados Unidos, nunca estivemos, nós três, tão juntos como estamos agora.

— Como assim, Sandra? Não estamos juntos de verdade. Estamos apenas acompanhando nosso filho, torcendo por sua recuperação. Mas ele nem sabe que estamos por perto, está completamente inconsciente.

— Entendo, Davi. Mas sinto, de alguma maneira, que a fragilidade da saúde de nosso filho, a dependência que passou a ter de nossas decisões, trouxe de volta para nossos braços aquele nosso menino que morava conosco.

— Mas será que isso significa estar realmente junto, Sandra? É curioso você tocar nesse assunto, pois sempre pensei exaustivamente sobre isso quando notava a relação que você tinha com nosso filho, ainda novo.

— O que quer dizer com isso? — perguntou Sandra.

— Você sempre cuidou de Jonas de uma forma incrivelmente zelosa. Várias vezes me questionei se você fazia isso simplesmente por amor ou por medo de perdê-lo.

— Como assim?

— Talvez, inconscientemente, você soubesse que, ao protegê-lo excessivamente, deixava-o também frágil para seguir sua caminhada sozinho, pois, ao não confrontar o erro, o tombo, estaria sempre dependente de você.

— Eu nunca faria isso com Jonas.

— Talvez não intencionalmente. Digo isso porque nutro pelo nosso filho um amor também enorme. Mas, infelizmente, tive de me acostumar a passar longas temporadas longe do convívio com ele para poder sustentar nossa casa. E estar todo esse tempo fora me permitiu olhar a situação de uma forma mais clara. Perceba como o que está dizendo agora é a mesma coisa. Ao sentir-se mais próxima de Jonas após o acidente, o que realmente você está sentindo é que voltou a existir a dependência de Jonas em relação a nós. Quando nosso filho foi morar em Nova

York, pudemos perceber que nunca estivemos juntos de verdade. Mas talvez você tenha uma parcela de razão, pois ganhamos finalmente uma chance de recomeçar. Nosso filho tem dinheiro, reconhecimento, amigos pelo mundo, de modo que não precisa mais de nossa proteção. Quando recuperar a saúde, e só Deus sabe como estou torcendo para que isso aconteça, poderemos, pela primeira vez na vida, ver nosso filho escolher se quer estar junto de nós. Aí então estaremos juntos de verdade.

Sandra incomodou-se um pouco com o que ouviu. Sentiu-se culpada pelo que o marido dizia. Na sua mente, havia sempre feito o que pensava ser o melhor para o filho. Não era momento de discutir, pensou. Foi em silêncio até o quarto para tomar banho e arrumar as coisas para irem ao hospital.

• • •

Era meio-dia e, em poucas horas, Gisele iria para casa, sendo substituída pelo enfermeiro do turno seguinte. Antes de ir, porém, resolveu ir até o quarto de Jonas, de quem havia cuidado durante toda a manhã e madrugada, para passar mais alguns instantes com o amigo. Puxou uma cadeira, sentou-se a seu lado, segurou uma de suas mãos e começou a falar:

— Em que confusão você se meteu, hein, meu amigo! Como queria que estivéssemos em nossos tempos de colégio, e você tivesse tomado apenas uma surra de um daqueles valentões mais velhos que a gente. Seria tão mais simples cuidar de você... É engraçado, mas novamente parecemos estar em situações semelhantes em nossas vidas. Você esfolado por fora, e eu esfolada por dentro. Como eu precisava que você ficasse logo bem para que pudéssemos ter uma daquelas longas conversas que tínhamos quando crianças. Tanta coisa aconteceu em minha vida nos últimos anos. Resolvi morar sozinha e deixei a casa de meus pais, depois voltei para junto deles. Comecei e terminei namoros. Alguns deles longos e sérios. Assumi o cargo de enfermeira-chefe da UTI Adulta do Hospital das Clínicas. Mas tudo me levou para uma vida solitária, longe de meus pais, sem namorado, e agora com as responsabilidades de uma chefe. Não há nada mais solitário do que ser chefe. Talvez por isso ganhamos mais do que os outros funcionários. Deve ser uma indenização pela solidão. Enquanto isso, a vida passa. Vejo as marcas de expressão surgindo no meu rosto, minhas amigas casando e tendo filhos, e eu, às vezes, paro e me vejo perdida. É inevitável eu me perguntar: quem sou hoje em dia? O que me torna feliz? O que será que eu quero dessa vida?

Nesse momento, Gisele teve a impressão de sentir a mão de Jonas apertar levemente a sua. Mais do que isso, sentiu como se já tivesse vivido aquela situação, ouvido aquelas perguntas antes, como num grande *déjà vu...*

Capítulo 24

Jonas havia tido uma longa noite de sono. Depois de algumas horas de conversa com a mãe e um longo e cansativo voo para o Brasil, bastaram alguns minutos para cair num longo e reparador sono em sua velha cama. Quando acordou para tomar o café da manhã, seu pai já havia saído para uma reunião com um cliente que só podia recebê-lo no sábado, por causa de uma agenda corrida durante a semana. Davi fora construtor, e agora, aposentado, trabalhava dando consultoria para construções e reformas nas residências das famílias mais abastadas de Campinas.

— Seu pai não quis acordar você, pois imaginou como estaria cansado, filho — disse Sandra à mesa enquanto servia Jonas. — Avisou que deve estar em casa por volta do meio-dia para almoçarem juntos Está louco para ver você!

— Nossa, e agora? Você não sabe quem encontrei ontem à noite chegando do aeroporto, mãe. Lembra-se da Gi, minha amiga do colégio e do clube?

— Claro, brincávamos que um dia vocês ainda se casariam.

— Pois é, mãe, ela está linda... Você não imagina. A gente se encontrou ontem na loja de conveniência quando parei para comer um sanduíche — não queria dar trabalho a você quando chegasse em casa. Uma coincidência incrível! Combinamos de almoçar hoje. Você acha que papai vai ficar chateado se eu for almoçar com ela?

— Claro que não, filho, vamos ainda ficar vários dias juntos! Que tal sairmos para jantar hoje à noite, então?

— Ótimo, mãe! Combinado! Mais uma coisa — continuou Jonas —, você me empresta o seu carro?

— Claro, filho, a chave está no prego ao lado da porta de entrada.

— Você é demais, mãe! Muito obrigado.

Assim que terminou o café, Jonas ligou para Gisele. Combinou de encontrá-la ao meio-dia. E meio-dia em ponto, estacionou o Gol preto de sua mãe em frente ao prédio onde Gisele morava. Olhou para o relógio e pensou: Meu Deus, fui chegar logo ao meio-dia! Ela vai pensar que eu estava ansioso para vê-la... Devia ter atrasado uns vinte minutos. Mas talvez, se atrasasse vinte minutos, ela poderia achar que eu não estava tão a fim de encontrá-la. Acho que uns dez minutos teria sido o ideal... Nem tão pontual nem tão displicente... Os pensamentos de Jonas foram interrompidos por uma batida no vidro do carro.

— Oi, Ninho! Posso entrar?

Era Gisele, com um sorriso de quem percebera a surpresa de Jonas ao vê-la.

— Oi, Gi! Desculpe, não tinha visto você — respondeu, saindo do carro para cumprimentá-la e abrir a porta do lado do carona.

Gisele estava ainda mais bonita do que na noite anterior. O cabelo, agora solto, denunciava, pelo perfume e por algumas mexas ainda úmidas, que tinha sido lavado pouco antes. Usava um vestido florido, justo na cintura e folgado no resto do corpo, deixando somente algumas partes o tocarem, marcando sua silhueta. Deu-lhe um carinhoso abraço, sentindo seu cabelo escorrendo pelos dedos da mão que lhe tocava as costas, parecendo que acariciava delicados fios de seda gelados. Abriu a porta do carro e convidou-a para entrar.

— E aí, vamos aonde?

— Abriram um restaurante novo aqui perto que é uma delícia. É charmoso, mas simples, não sei se do nível de um executivo de Nova York como você...

— Hehe, até parece, né, Gi? Está ótimo, vamos, sim, vá me dando as coordenadas, já não me viro tão fácil por estas ruas.

Em alguns minutos, tinham chegado ao local sugerido por Gisele. Escolheram uma mesa próxima ao átrio central, onde havia um belo jardim e uma fonte que tornava um pouco mais ameno o calor que fazia. Jonas chamou o garçom.

— Bom dia, senhores. Para começar, posso trazer algo para beber?

— Um chope — respondeu de pronto Gisele.

— Uma limonada suíça, com bastante gelo, por favor! — pediu Jonas.

— Limonada? Quem diria, hein... Você está tomando algum remédio ou quer me impressionar mesmo? — riu Gisele.

— Você está muito engraçadinha hoje, hein? — disse Jonas, abrindo também um gostoso sorriso. — Na verdade, estou tentando mudar alguns hábitos. Tanta coisa aconteceu nos últimos dias... Na verdade tanta coisa aconteceu desde a última vez que nos falamos. Tenho repensado muitas coisas na minha vida, Gi.

— Eu imagino. Você deve levar uma vida louca. Ouço falar que você virou um alto executivo, viaja o mundo inteiro e tem centenas de pessoas reportando-se a você na empresa. Deve ser muito estressante essa rotina, todas essas responsabilidades. Ainda por cima, sem ter com quem dividir isso, morando sozinho em Nova York. Aliás, não sei por que falei isso, nem sei se você mora sozinho lá. Você casou, tem filhos? Fale-me um pouco de você. Faz tempo desde que tivemos uma daquelas nossas gostosas conversas...

— É verdade, Gi, que saudade delas. Moro sozinho, sim. É engraçado, mas, talvez por causa dessa rotina estressante que você bem descreveu, me sobra pouco tempo para me relacionar com alguém.

— Ah, não me venha com essa, Ninho. Não existe isso de "não tenho tempo para me relacionar". Aposto que vários de seus colegas de trabalho são casados, têm filhos, namoram... Se eles podem, você também pode!

— Você tem razão. Na verdade, não é só isso — respondeu Jonas, demonstrando certo constrangimento.

— É claro que estou certa — disse Gisele, causando uma gargalhada em Jonas. — Você pode passar cinquenta anos sem me ver que não vou deixar de conhecer você, Ninho! Conta o que mais tem nessa história.

— Você se lembra da Joana?

— Joana...? Não estou lembrada.

— Ela treinava no clube também. Era da equipe de vôlei.

— Claro! Como poderia não lembrar? Nossa, eu odiava essa menina. Como ela conseguia ser tão alta e ao mesmo tempo tão linda! Duas coisas que normalmente não combinam com uma adolescente.

— Pois é, ela mesma. Você acredita que ela foi trabalhar na mesma empresa onde eu trabalhava? E ficou ainda mais linda depois de alguns anos.

— Pare já, senão vou ficar com ciúme outra vez — disse Gisele, dando uma piscadela para Jonas.

— Não seja boba. Como ia dizendo, ela foi trabalhar na empresa onde trabalho. Éramos ambos da área comercial. Fomos nos tornando cada vez mais amigos até que um dia ficamos. Rapidamente estávamos envolvidos num relacionamento incrivelmente intenso. Não fazíamos mais nada sozinhos. Dormíamos quase todos os dias um na casa do outro, tínhamos os mesmos amigos e falávamos inclusive de casamento. Foi quando meu chefe americano me chamou e fez a proposta para eu assumir a chefia de toda a região das Américas da área comercial da empresa. Mas para isso eu precisaria me mudar para Nova York.

— E...

— F então fui correndo contar a novidade para a Joana! Para minha surpresa, ela ficou decepcionadíssima. Disse que não moraria em Nova York em hipótese alguma. Tivemos nossa pior discussão, na verdade uma das únicas que tivemos durante todo nosso relacionamento, e ela terminou dizendo que eu precisava escolher entre ela ou o novo cargo.

— Nossa, mas que forma dura de colocar as coisas...

— Pois é. Você obviamente imagina o que escolhi, já que sabe do meu sucesso na empresa. Mas o problema foi depois. Quando cheguei a Nova York, questionava-me se tinha tomado a decisão certa ou não, afinal era completamente apaixonado por ela. Ao mesmo tempo, tinha o desafio do novo cargo, o *status* na empresa, a liberdade de poder morar sozinho e tomar conta da minha vida... Uma coisa de alguma forma compensava a outra...

— E então...

— Então, as luzes das novidades foram passando e foi batendo a solidão. A equação passou a pender para o lado do sofrimento. Primeiro, não havia um dia em que eu não pensasse nela. Depois, isso passou a acontecer várias vezes por dia. Até que passei a pensar nela o dia inteiro. Foi então que comecei a mandar mensagens, ligar para ela e tentar reatar o namoro.

— E ela, como reagiu?

— Da pior maneira possível. Aproveitou meu estado e me encheu de culpa. Disse que tudo aquilo havia sido uma decisão minha, e que eu deveria estar preparado para as consequências. Disse ainda que já estava namorando outra pessoa, e que eu não deveria mais ligar para ela. O mundo desabou. Passava noites sem dormir imaginando-a beijando outro cara... Os momentos de intimidade que estariam passando juntos. As juras de amor que ela estaria fazendo. Quanto mais eu pensava em tudo, mais ela se tornava perfeita em minha mente. Passei a achar que nunca encontraria uma mulher mais bela, inteligente, que gostasse tanto de mim como ela. O incrível é que eu sabia que era uma construção da minha cabeça, porque, apesar de bonita e inteligente, sempre enxerguei nela vários defeitos. Entrei em desespero. Perdi o apetite, emagreci. Não queria saber mais de ninguém. Achei que morreria de amor. Pior, de amor e culpa... Depois disso, acho que fiquei traumatizado. Não quis levar mais nenhum relacionamento muito a sério. Você não imagina o que eu sofri.

— Que bom, Ninho.

— Que bom, Gi? Acho que você não ouviu direito Ou é esse chope que já está fazendo você falar bobagem, hehe — disse suavemente, tirando um sorriso de Gisele e quebrando o clima sério da conversa.

— Que bom, sim, Ninho. Você errou! E errou numa das coisas mais importantes para se errar na vida: no amor!

— Realmente não estou entendendo seu ponto.

— Olhe esta faca — disse Gisele, pegando a faca que estava ao lado do prato. — Vou tentar equilibrá-la sobre meu dedo. Perceba que está caindo para o lado direito. Para achar o ponto de equilíbrio, preciso andar com ela um pouco mais para o lado esquerdo. Vou fazendo isso, até que... — e continuou empurrando a faca para o lado esquerdo até que ela caiu para o outro lado.

— Até que ela caia para o outro lado? — completou Jonas.

— Exato! Só aí é que eu sei que passei do ponto de equilíbrio. Nesse momento, tenho a certeza de que o ponto perfeito está entre o ponto onde ela cai para direita e aquele onde cai para a esquerda.

— Mas o que isso tem a ver com tudo o que acabei de contar? — perguntou Jonas, agora mais confuso do que esclarecido.

— Se você não amar da forma errada, não saberá nunca como amar da forma certa. Sorte dos que, assim como você, já erraram no amor. Não existe nada que preencha mais a vida do que uma paixão! Não, não estou confundindo amor e paixão, eles mesmos se confundem! Não se vive sem paixão. Não se vive sem a sede de amar. É algo tão nobre, que deveríamos ter o direito de fazê-lo até a última gota. Esgotarmos nossa capacidade de amar, de nos apaixonar. Mas para saber onde está a nossa capacidade, até onde ela é saudável, até que ponto isso nos torna feliz, devemos passar desse ponto, como a faca passou do ponto de equilíbrio. Só assim você terá um dia a segurança de que vive um amor pleno. Você é o *expert* em matemática nesta mesa. Sabe que a chance de Joana, uma menina do seu clube, que conheceu aos 15 anos, ser a que mais felicidade lhe traria entre todas as mulheres que conheceu e ainda vai conhecer, é estatisticamente desprezível! Mas ela lhe ensinou sobre o amor! E, graças a ela, a próxima mulher que merecer o seu amor vai viver algo ainda mais bonito com você. Será assim sempre! Com o fim do relacionamento, puderam conhecer um pouco sobre o outro. Mas, garanto, passaram a conhecer muito mais sobre vocês mesmos!

— Gi, ouvir isso é muito bom, você não imagina quanto. Como pude passar tanto tempo sem conversar com minha melhor amiga...

Brindaram então e continuaram a conversa por algumas horas, até Jonas dizer que tinha de ir para casa, pois desde que chegara ainda não tinha encontrado o pai.

Capítulo 25

Gisele deixara o hospital às 2 da tarde para ir para casa — uma hora depois do fim do plantão. Passara mais de cinquenta minutos sentada ao lado de Jonas, segurando sua mão, lembrando-se de todos os momentos que haviam passado juntos quando eram adolescentes. Lembrou-se também de tudo o que havia vivido desde que se viram pela última vez.

Gisele se casara. Ela e Cláudio, ou Cacau, como era conhecido na faculdade, tinham namorado durante seis anos. Moravam havia quase um ano juntos, num pequeno apartamento recém-construído num dos bairros nobres de Campinas. Tinham usado as economias para dar entrada no apartamento e dividiam as prestações. Cacau trabalhava também como enfermeiro na Beneficência Portuguesa, outro dos hospitais mais tradicionais da cidade, com mais de um século de história. O hospital tinha até sido visitado pela princesa Isabel e por D. Pedro II nos anos 1880.

Os jovens pareciam o casal perfeito. Ela era linda, de família tradicional, doce e cheia de amigos. Ele, também um rapaz muito bonito, era esforçado, batalhador, íntegro. Nascido em Manaus, mudara para Campinas para cursar enfermagem. À medida que foram crescendo na profissão, passaram a ser vítimas do próprio sucesso. Ele, chefe da enfermagem do departamento de Pediatria de seu hospital. Ela, da UTI Adulta do Hospital Universitário. Cada vez mais, se viam menos. Não só se viam menos, mas também conversavam menos, namoravam menos. Até que um dia Gisele descobriu que Cacau a estava traindo com uma das colegas de trabalho. Imediatamente terminou o relacionamento e voltou a morar com seus pais. Tinha 33 anos.

A separação foi duríssima para ela. Principalmente pelos detalhes da traição. Gisele conhecia a mulher com quem Cacau estava tendo um caso. Já haviam estado juntas em algumas festas e celebrações de colegas de trabalho de Cacau. Geisla não era bonita, passava horas calada nas festas e vestia-se muito discretamente — longe de ser o tipo de mulher que atraía Cacau. Era inevitável para Gisele se lembrar dela e não se perguntar: "Como pôde me trocar por uma mulher assim?" Até que concluiu que não fora trocada por Geisla; simplesmente ela e Cacau já não se tinham mais um ao outro.

E a solidão ainda mostraria a Gisele que Geisla não era sua maior inimiga. Nem mesmo Cacau. Gisele descobriu que seu maior inimigo era o tempo!

Era impossível não pensar em seus 33 anos e não fazer as contas. Até eu conhecer alguém de quem eu goste pensava, passarão alguns anos. Aí estaremos namorando. Se o namoro der certo, mais alguns anos e casamos. E então esperaremos algum tempo para ter filhos. Nessa altura, já estarei perto dos 40 anos! Será que conseguirei engravidar? Será que ainda serei mãe? E, se não for mãe, como será minha vida? Quem vai querer uma mulher que não pode ter filhos? Viverei sem companhia, sem ter com quem partilhar meu tempo?

Sua profissão havia deixado o sentido de tempo ainda mais áspero. Era chefe de uma UTI. Lidava com a morte todos os dias. Via como a vida era um sopro e podia desfazer-se a qualquer instante. A ela, urgia dar um sentido, senão era só sofrimento e a surpresa da morte em algum momento, pensava. Quando perdera o namorado, e com ele seus planos de filhos e uma vida em família, perdera também esse sentido. Ver

Jonas ali, deitado numa árdua luta entre vida e morte tinha aguçado a ideia de brevidade da vida e, portanto, a urgência em encontrar um sentido para ela. Mas, ao mesmo tempo, lembrava-se de como tinham sido felizes como amigos e, portanto, havia alguma luz sobre onde encontrar este sentido. Como gostaria de poder abordar tudo isso com Jonas. Sobre a questão do tempo, lembrou-se de um texto que Jonas havia lhe dado uma vez para ler, de Proust, escritor francês que se debruçou tanto sobre o tema a ponto de nomear sua principal obra com o título de *Em busca do tempo perdido.*

No texto que Jonas lhe dera, Proust dizia que "acontece com a velhice o mesmo que com a morte. Alguns as enfrentam com indiferença, não porque tenham mais coragem do que os outros, mas porque têm menos imaginação". Gisele era bonita, inteligente, disputada pelos rapazes. A ela, quando ainda adolescente, não faltava imaginação sobre como seriam seus dias de esposa! Um belo e dedicado marido, uma casa cheia de filhos, Natais em família. De repente via tudo escorrer entre as mãos. Sentiu que ambas, a morte e a velhice, tinham se adiantado e chegado muito antes do que esperava em sua vida. Aos 33 anos...

Capítulo 26

Jonas chegou em casa ainda sob o impacto da conversa que havia tido com Gisele. Desde que terminara com Joana, nunca tivera uma conversa tão franca com alguém sobre tudo aquilo que passara. Por anos havia sofrido com uma angústia que parecia inflar dentro de seu peito e ameaçava explodir, destruindo seu corpo e sua mente. A conversa tinha sido um desabafo. Mas, talvez, mais do que isso. Colocar de forma desnuda tudo que sentira e vivera nos piores momentos de seu sofrimento tinha revelado um lado seu que nunca tivera a chance de ver. Um lado que vivia escondido nas sombras de seu consciente e de forma sorrateira sabotava seus novos relacionamentos e paixões.

Falar a verdade lhe havia feito muito bem. Lembrou-se de um livro que havia lido sobre o último curso lecionado por Michel Foucault, em que o filósofo discorria sobre a *parresía* — a atividade de falar de forma franca toda a verdade. Foucault alertava dos riscos assumidos por aquele que diz, mas também por aquele que aceita ouvir esse tipo de discurso. Principalmente pelo fato de ser condição usualmente necessária para esta prática que se tenha um relacionamento próximo entre as partes, o que torna ainda maior o impacto da eventual consequência negativa resultante da conversa. Jonas havia assumido o risco e, com a verdade, limpado uma mancha que tanto o havia feito sofrer.

●●●

Davi esperava ansiosamente a chegada do filho. Assim que o viu entrar pela porta de casa, foi correndo lhe dar um abraço.

— Ninho, que surpresa gostosa você nos fez!

— Pai querido! Também estava morrendo de saudade! Desculpe pela forma como falei com você ao telefone em nossa última conversa.

— Não ligue pra isso, filho. O que importa é que estamos aqui juntos! Conte-me, como estão as coisas, quais são as novidades? Sua mãe está na casa de uma amiga e em pouco tempo vai voltar para jantarmos juntos.

Jonas sentou-se com o pai nas poltronas que ficavam em frente à lareira — cuja função de regular a temperatura do ambiente nessa época do ano era substituída pelo ar-condicionado — e começaram a conversar. Contou-lhe tudo o que havia passado ao longo daquele último ano, desde que haviam se visto pela última vez. Foi além, conversou sobre situações que havia passado desde que chegara a Nova York, há cinco anos, e que nunca antes comentara. Assim como fizera com Gisele, falou sobre os momentos de dificuldade que havia passado depois da separação da namorada, e ainda sobre todos os desafios que encontrara na empresa para conquistar seu espaço. Quando percebeu, viu que estava falando havia quase duas horas. Havia contado mais sobre sua vida durante aquelas duas horas do que o fizera ao longo dos últimos cinco anos.

— Nossa, filho. Quanta coisa aconteceu com você durante todo esse tempo. E que bom que finalmente pudemos ter esta conversa. Que bom ver você assim.

— É verdade, pai, também me sinto bem por poder finalmente partilhar minha vida com você. Gisele e eu tivemos uma conversa que me fez tão bem no almoço, que gostei da ideia de abrir mais minha vida para as pessoas queridas. Não sei, é como se eu estivesse abrindo uma válvula que libera a pressão que me atormentava por dentro. É uma sensação de alívio, curiosa.

— Mas, filho, por que você não fez isso antes? Sempre estivemos aqui para você.

— Sinceramente, pai, e desculpe-me se estiver sendo duro falando isso, nunca me senti à vontade para conversar essas coisas com vocês. Com vocês, sempre me senti como devedor de vitórias. Precisava ser o melhor na escola, o campeão do basquete, o bom de briga... E sempre me senti como um troféu em suas mãos para que vocês pudessem se exibir e contar vantagem com os amigos. Vivia uma vida para agradá-los. Principalmente à minha mãe, já que você passava às vezes longos períodos longe de casa. Mamãe sempre cuidou de mim com tantos mimos que me sentia inseguro para caminhar sozinho, além de estar em débito com todo aquele carinho. E a forma que via para agradecê-la era lhe dar ainda mais vitórias, e ser cada vez mais o troféu que ela gostava de exibir aos amigos. Sinto algo muito forte por ela, você não imagina como foi duro para mim ouvir ao telefone que eu me esquecera de sua festa de 60 anos. Mas os últimos dias, e particularmente as últimas horas, me fizeram enxergar um lado meu que não conhecia. E, confesso, estou me sentindo confuso. Não sei mais quanto o que sinto pelas pessoas que sempre tive ao meu lado é amor, quanto é dependência e quanto é medo. Da minha parte e da delas. Hoje acho que minha ida para os Estados Unidos tinha outro componente além da oferta de emprego. Nunca entendi por que eu havia aceitado o convite de forma tão imediata e impulsiva. Claro, era uma grande oferta de trabalho. Mas significava abrir mão de um namoro, do convívio com a família, meus amigos de faculdade e de colégio, e de toda a segurança de morar num lugar onde eu era conhecido. Só eu sei quanto sofri por deixar tudo isso. Talvez essa premência para partir logo tenha sido uma fuga! Talvez eu, de alguma forma, precisasse respirar e encontrar um espaço meu! Quando você me pergunta o porquê de eu não ter dividido essas circunstâncias com vocês, eu lhe digo, pai: porque não eram vitórias. Pelo menos, não na forma como vocês gostavam de vê-las. Hoje consigo ver que todas juntas foram talvez minha grande vitória, pois começo a descobrir quem existe verdadeiramente aqui dentro. Nossa! Desculpe, pai, acho que estou indo um pouco além nesta conversa.

— Pai? — chamou Jonas, estranhando o pai não esboçar qualquer reação.

— Sim, filho — respondeu Davi, com a voz e o olhar perdidos.

— O que você acha de tudo isso? Acredite, pai, foi para mim um desabafo dificílimo. Preciso saber qual a sua visão sobre o que falei.

— Confesso que fico com um pouco de culpa, filho. Com um pouco de tristeza também por não ter sido um colo amigo durante esses momentos tão duros. Mas sinto também certa alegria ao ver a forma como você parece estar aliviado após abrir seu coração. E, de algum modo, devo ter contribuído para que você se sentisse à vontade para se abrir comigo. Isso me deixa um pouco aliviado.

— Posso lhe dar um abraço, pai? — disse Jonas com a voz titubeando pela emoção que experimentava.

— Claro, filho! — emocionou-se o pai.

— Tenho mais uma coisa a dizer — continuou Davi. — Essa menina, a Gisele! Ela faz bem a você, preste atenção nisso. Joana fazia você ver e admirar o melhor que havia nela. Gisele parece despertar e fazer você contemplar o melhor que existe em você. Deve ser uma moça especial.

Capítulo 27

A equipe médica, liderada pelo dr. Sérgio, estava reunida na sala da UTI em torno de Jonas. Entre eles Gisele, que não disfarçava ter um interesse incomum na evolução do quadro do paciente.

— Boa noite, senhores — disse Sérgio, dando início à reunião. — Acabo de receber os últimos relatórios com o estado de saúde de nosso paciente Jonas Andrade. Trago boas notícias. Todos os relatórios apontam para uma relevante evolução de seu quadro clínico. Mas não nos deixemos enganar, seu estado de saúde ainda é crítico, e sua vida ainda corre sérios riscos. É inegável, porém, que as perspectivas são infinitamente melhores do que eram ná apenas alguns dias. Seu organismo tem reagido de uma forma surpreendentemente boa. Chegou a hora, portanto, de começarmos uma nova fase do tratamento. Uma fase arriscada, porém necessária.

— O senhor se refere a retirá-lo do coma induzido, doutor? — perguntou Jefferson, sempre o mais interessado em aprender tudo nas reuniões, coordenadas pelo dr. Sérgio, para discutir os casos.

— Ainda não, Jefferson — respondeu o médico visivelmente incomodado por ter sido interrompido. — O processo de saída do coma induzido é paulatino, de modo a minimizar os riscos e o desconforto, como dor e ansiedade do paciente. Mas esta é certamente a direção a partir de agora. Hoje pela tarde, em reunião com outros médicos com quem estava discutindo o caso, entre eles o anestesista Marcos, decidimos alterar o grau de sedação de seis para cinco na escala Ramsey. Esperamos conseguir, então, obter, mesmo de forma pouco consciente, algumas respostas a toques ou estímulos auditivos altos. Será uma oportunidade de começar a testar a severidade dos danos na atividade cerebral do paciente causados pelo trauma cranioencefálico. Isto deve elevá-lo alguns pontos na escala do coma de Glasgow, refletindo seu aumento do grau de consciência. Precisarei, mais do que nunca, da atenção de vocês enfermeiros para com nosso paciente. Este processo de ganho de consciência e consequente resposta aos estímulos pode gerar a sensação de dor e reações indesejadas do paciente, que imediatamente devem ser controladas por meio de medicamentos. Lembrem-se de que alguns segundos no caso de Jonas podem ser a diferença entre a vida e a morte. Jefferson, o paciente estará sob o seu cuidado esta noite, certo?

— Certo, doutor — respondeu, agora esperando sua vez de falar.

— Doutor — interrompeu Gisele. — Eu gostaria de propor algo a vocês.

— Pois não — falou Sérgio, sem saber o que esperar da proposta.

— Estou pretendendo viajar com minha família neste réveillon, e precisarei de alguns dias de folga. Gostaria de sugerir que alterássemos as escalas dos enfermeiros com Jonas. Posso passar as próximas noites com ele, inclusive as noites da véspera de Natal e do Natal e, em contrapartida, solicito a folga nos dias da virada de ano.

— Não tenho problemas quanto a isso — disse o médico —, desde que Jefferson esteja também de acordo.

— Estou sem planos neste réveillon, Gisele. Mas seria uma chance de passar o Natal em família, algo que não faço há alguns anos. Ok, aceito sua proposta, façamos assim, então. Começamos já na noite de hoje?

— Claro, pode ir para casa e ter um bom descanso. Ou pra farra com os amigos — disse Gisele, arrancando um sorriso até do sisudo dr. Sérgio.

Os membros da equipe saíram e Gisele ficou sozinha com Jonas. Esperou alguns minutos para se certificar de que não havia o risco de alguém voltar para o quarto e então puxou uma cadeira para se sentar novamente ao seu lado. Segurou novamente sua mão, assim como fizera da última vez que estiveram juntos, e voltou a conversar com o amigo.

— E aí, Ninho? Como está se sentindo esta noite? Você não sabe como fiquei surpresa e abalada ao vê-lo neste estado ontem de madrugada. Mas, curiosamente, ter você novamente ao meu lado me trouxe conforto. Não sei explicar como, mas segurar sua mão, contar um pouco do que passei todos esses anos, como fiz mais cedo, mesmo sabendo que você não pode escutar o que digo, me fez bem. É como se estivéssemos novamente sentados num dos bancos da escola na hora do recreio, ou na lanchonete do clube depois dos treinos fazendo nossas confidências um ao outro. Depois que você se foi, perdi esse ombro amigo. Percebi que, com sua amizade, o peso das coisas que aconteciam comigo era realmente apoiado em duas colunas. Você fazia as coisas parecerem mais leves para mim. Mesmo depois, com meus namorados, inclusive com o Cacau, com quem fiquei durante tanto tempo, nunca mais tive aquilo que tínhamos. Sei lá, é estranha essa história de relacionamento entre homem e mulher, Jonas. Será que um namoro, um casamento, não são simplesmente a combinação de sexo mais amizade? Pergunto isso porque passei a duvidar desse tal de amor. Acho que foi um nome que resolveram dar para representar várias possibilidades diferentes. Quando alguém diz "ele a ama", acho que está querendo dizer "ele morre de tesão por ela", "ele gosta muito da companhia dela", "ele tem medo de perdê-la" ou ainda "ele é muito acostumado com ela". Preste atenção, amigo, sempre dá para substituir o sentimento por alguma frase desse tipo. O amor não existe, o que existe são esses outros sentimentos. Com o Cacau, tínhamos amizade e muito tesão um pelo outro. O tesão um dia acabou. Aí ele veio com esse papo de que acabou o amor. Por que ele não falou "acabou o tesão"? Pronto: se acabou o tesão, a equação de tesão mais amizade se quebrou, e não dava mais para ficar juntos. É tão simples. E tão duro... Acho que este meu desespero para ter logo um filho tem um pouco a ver com isso. Talvez ser mãe seja minha única chance de descobrir esse sentimento, o amor, se é que ele existe. Não é o que dizem, que amor de mãe é o maior de todos? É engraçado porque, quando me lembro dos momentos todos que já vivemos juntos e de como eu me sentia quando você chegava para conversar comigo na época da escola, penso que o que sentíamos um pelo outro, todo aquele carinho, aquela vontade de sorrir, aquela confiança, aquela torcida que tínhamos um pelo outro deve ser o mais próximo que eu já tenha chegado desse sentimento.

Nesse momento, Jonas mexeu-se, como tendo pequenos espasmos, e apertou a mão de Gisele, franzindo a testa e apertando os olhos. Logo se acalmou novamente. Gisele continuou:

— Nossa, querido, as dores começaram? O doutor falou que você começaria a senti-las, mas, acredite, é por um bom motivo! Sei que vai ser dura, muito dura, essa sua volta. Mas eu vou estar ao seu lado. Não se preocupe, não vou deixar que você sofra. Seja forte, amigo!

Gisele então se inclinou para a frente e abraçou-o, apoiando seu rosto sobre seu peito, e lágrimas começaram a cair de seus olhos. O perfume de seus cabelos misturou-se com o dos medicamentos e ataduras que existiam por todo o corpo de Jonas. Estar no colo do amigo deu-lhe uma enorme sensação de paz e aconchego, como se ela é que estivesse ferida, e fosse Jonas a fortaleza que a abraçava. Gisele sentiu-se tão bem que dormiu abraçada a Ninho.

Capítulo 28

Era dia 23 de dezembro, antevéspera de Natal. Jonas acordara se sentindo estranho. Sentia dores por todo o corpo. As dores de cabeça que vinha sentindo ocasionalmente aumentaram consideravelmente. Começara a sentir uma dor incômoda também na região das costelas e nas pernas, principalmente na esquerda. Tivera um sono agitado. Sonhara durante toda a noite com sua amiga de colégio, e fora capaz de ouvir sua voz durante vários momentos do sonho. Apesar de cansado, estava se sentindo bem. Leve, feliz. Uma sensação tão boa que podia sentir um perfume diferente no ar, que parecia vir de seu coração.

O dia ontem foi muito forte, pensou. Tive duas conversas que desnudaram sentimentos de quase toda uma vida. Ainda não acredito que fui capaz de me abrir daquele jeito, de falar tudo o que falei para meu pai e para a Gi. O engraçado é que eu deveria estar me sentindo mais leve. Não é o que as pessoas falam, que quando desabafamos nos sentimos mais leves? Mas tenho uma sensação diferente. Não me sinto mais leve hoje, me sinto mais forte. Sinto que sou maior do que era ontem. Lembro-me da frase de Einstein que dizia que, quando uma mente se abre para uma nova ideia, nunca mais volta ao tamanho original. Depois de ontem, acho que nunca mais serei do tamanho que era antes. Serei maior. É curioso porque sempre tive medo de expor essas minhas fragilidades e dúvidas como fiz ontem. Tinha medo de perder o amor e a amizade das pessoas para as quais me abrisse. Afinal de contas, o Jonas que eles estavam acostumados a ver era o vencedor, seguro, que não tinha medo de nada, e só tinha histórias de sucesso. Mas percebo que ontem descobri uma das coisas mais valiosas da vida. Somente ao sentir que quem sou de verdade é capaz de ser amado, me sinto forte. E ontem me mostrei como nunca o havia feito em minha vida. Se Gisele e meu pai continuarão gostando de mim da mesma forma, não tenho como saber. Mas sei que aquilo que sentirem a partir de agora estarão sentindo pelo Jonas que sou, e isso me deixa maior e mais feliz

Jonas passou a manhã toda pensativo. As dores iam e vinham, e a intensidade era cada vez maior. Estava mais quieto, sentindo-se um pouco "fora do ar". No café da manhã, enquanto seus pais falavam, era como se só os olhasse, sem vê-los. Podia perceber suas bocas mexerem, e sabia que estavam falando com ele, mas não captava quase nada do que estava sendo dito. Apenas assentia com a cabeça. E nesse estado continuou durante toda a manhã, até a hora do almoço.

• • •

Sentaram-se para almoçar à uma hora da tarde.

— Mãe — disse Jonas já à mesa. — Ontem eu e papai tivemos uma longa conversa.

— Eu sei, meu filho — respondeu Sandra, um pouco arrependida, sem saber se Davi gostaria que o filho soubesse que confidenciara a conversa com a mulher.

— Pois é, mãe. Queria que vocês não me levassem a mal por tudo o que falei. Foi muito importante falar aquilo tudo. Não cheguei a contar a meu pai ontem à noite, mas sofri um sério acidente alguns dias atrás. Três dias antes de viajar para o Brasil, para ser mais exato. Por alguns segundos achei que iria morrer. Estar diante da morte foi para mim revelador. Principalmente depois de acordar com o remorso de não ter ligado para você em seu aniversário e de ter tratado meu pai com tanta indiferença ao telefone. Resolvi que não queria mais viver com essa sensação de culpa. Posso conviver com os erros, mas não preciso conviver com a culpa. Ainda esquecerei várias datas em minha vida, falarei com vocês de forma áspera ou pouco carinhosa, darei menos atenção do que vocês esperam, enfim, eu sei que vou errar. Mas não posso me sentir como me senti. Hoje posso perceber que não foi o fato de ver a morte de perto que me fez sentir culpado por ter agido daquela forma. O acidente só revelou o que eu já estava sentindo por dentro; trouxe à tona esse sentimento que devia estar me corroendo por dentro.

— Mas, filho, você não pode nos culpar por se sentir assim — respondeu Sandra.

— É claro que não, mãe. Pelo amor de Deus, isto é a última coisa que quero na vida. Imagine a incoerência que seria eu perceber que o sentimento de culpa é algo que me tortura e, então, passar esse sentimento de culpa para vocês. Somos simplesmente um resultado, uma consequência do jeito como vivemos até hoje. Uma soma de nossas escolhas. Não há culpa nenhuma nisso. Nem minha, nem de vocês. Existiram erros e acertos, claro. Apesar de não ser tão claro o que foi erro e o que foi acerto — isto só o tempo, e às vezes um longo tempo, dirá. Mas, simultaneamente, temos o direito de seguir adiante de outra forma. De deixar pra trás o que não funcionou. De abraçar novas crenças, novas formas de se relacionar. Sei que o que fizeram foi querendo o meu melhor. Não acredito que ninguém faça nada na vida querendo o pior. Senão, não faria. Pode ser que o que um vê como melhor, o outro veja como pior — mas, do ponto de vista daquele que toma a atitude, a vontade é de acertar. Se fui muito protegido, mimado, exigido, cobrado, ou até iludido sobre os pontos fortes e fracos que eu tinha, é claro que existia alguma razão. Concorde ou não com essas razões, sei que a soma de tudo a que fui exposto na minha vida me trouxe até aqui. O que pude perceber é que talvez isso tenha me levado para longe da minha essência. E o que resolvi depois do acidente foi tirar algumas dessas camadas que a vida impôs e ir atrás de quem eu era. Na verdade, escrevi três perguntas em um pedaço de papel logo após meu acidente, deixe mostrar a vocês.

Neste momento, Jonas tirou a carteira do bolso e mostrou aos pais um pedaço de uma folha de caderno com as três perguntas:

Preciso descobrir:
— Quem realmente sou?
— O que me deixa feliz?
— O que busco na vida?
Jonas, dezembro de 2012.

— E então, filho, você já chegou a alguma conclusão sobre as respostas a essas perguntas? — perguntou Davi, que até então havia se mantido calado.

— Sim e não, pai. Não cheguei a respostas conclusivas, mas acho que caminhei em dias o que não havia caminhado em anos na direção delas. Aliás, por falar em caminhar em direção das respostas, veja o que escrevi em outro pedaço de papel. Jonas então puxou da carteira outro pequeno pedaço de papel em que estava escrito:

"A vida é o caminho!"

— Agora sei que preciso tomar o controle desse caminho em minhas mãos — continuou Jonas —, porque a vida me mostrou que a única pessoa que estará ao meu lado a todo instante, durante cada dia de minha vida, serei eu mesmo. Portanto, não posso correr o risco de assumir o controle quando a estrada estiver ruim, e sem saber dirigir. Tenho que assumir a direção desde já, e ganhar a certeza de que posso transitar em qualquer estrada que surgir à minha frente! E queria muito que vocês me aceitassem dessa forma. Talvez não o filho que vocês tenham passado anos modelando, mas um filho feliz.

— Filho, isso é tudo o que queremos, que você seja feliz. Talvez tenhamos moldado você, como você diz, para as coisas que nos deixavam felizes. Era a melhor maneira que podíamos imaginar para fazer você feliz. Eram as únicas experiências que tínhamos. Criar um filho não é fácil. Mas, acredite, estaremos ao seu lado, siga em frente nessa sua caminhada!

Três conversas. Apenas três. Com sua melhor amiga e com cada um de seus pais. E Jonas já se sentia absolutamente diferente. Como era possível uma transformação ocorrer de forma tão rápida? A maneira como via sua mãe, tão idealizada, sofrer um choque de realidade num espaço de tempo tão curto? A coragem que lhe faltou durante toda a vida para ter uma conversa tão franca com seu pai surgir em apenas alguns dias?

Jonas percebeu que transformações de percepção não necessariamente são lentas como as transformações dos hábitos aos quais precedem. Bastam alguns dias de luz para que possamos mudar a forma como vemos as coisas. Para mudar a essência daquilo que acreditamos. O que não necessariamente significa que tudo a partir dali será diferente. Significa que a busca toma outro caminho. A névoa se dissipa e a estrada parece mais clara. Era estranho ver tudo virar de cabeça para baixo de uma forma tão acelerada. Mas era ao mesmo tempo apaixonante. Jonas sabia que ainda estava no mesmo lugar. Mas que cada passo adiante o levaria mais próximo do destino que sempre sonhou: descobrir-se.

Capítulo 29

Eram 4 horas da tarde do dia 23 de dezembro, um domingo; Davi e Sandra tinham acabado de entrar no quarto de Jonas para visitá-lo. Vinham ambos de uma breve conversa com o dr. Sérgio, que já havia explicado como seria a nova fase da recuperação.

Sentaram-se diante de Jonas e permaneceram calados por vários minutos. Sandra com as mãos unidas, os cotovelos apoiados sobre os joelhos e a cabeça baixa. Rezava pela recuperação do filho. Davi estava com o olhar fixo nos monitores atrás da cama, mas o pensamento longe. Até que rompeu o silêncio e disse:

— Sabe no que estava pensando, amor?

Sandra permaneceu quieta, continuava rezando.

— O acidente que nosso filho sofreu me trouxe uma visão diferente sobre a morte. Confesso que, desde que fiz 60 anos, a morte é algo sobre o que tenho pensado todos os dias. A idade faz eu me sentir frágil. A sensação de que era tarde para começar algo novo e conseguir destaque, como podia quando estava na idade mais produtiva, foi dura. Comecei a me sentir já descendo a ladeira. Como naqueles últimos dias de uma viagem gostosa, quando todos os dias em que você entra no quarto já começa a deixar as coisas um pouco mais organizadas, porque sabe que em breve vai partir e as malas devem estar arrumadas no dia certo. A viagem perde um pouco do entusiasmo nesses últimos dias, porque o pensamento fica dividido entre onde se está e para onde se está partindo. Meus últimos anos foram assim, como os últimos dias de uma viagem.

Sandra levantou o rosto e passou também a olhar para Jonas, mas demonstrando atenção àquilo que seu marido dizia. Vivia, afinal, um momento semelhante, acabara de completar 60 anos. As palavras vinham ao encontro de muitos dos questionamentos que se vinha fazendo ultimamente, sobre os quais nunca havia conversado com o marido.

— Mas tudo isso que aconteceu com Jonas me alertou para algo curioso — continuou Davi. — Não é a morte que me incomoda, é a vida. Não estou com medo de morrer. O que aconteceu é que, em algum momento, passei a ter medo de viver. Quando olho para nosso filho lutando para vencer a morte, sabendo que ele pode ter apenas algumas horas de vida, me sinto quase imortal pela quantidade de vida que ainda tenho pela frente. Percebi que, de hoje até amanhã, nós dois temos exatamente o mesmo tempo de vida, um dia, e podemos fazer dele um dia com a mesma importância e significado em nossas vidas. Focar na morte faz a vida parecer curta. Focar na vida faz a morte deixar de existir.

— Sabe, querido — respondeu Sandra. — É incrível ouvir tudo isso. Você não sabe como tenho pensado em todas essas questões ao longo dos últimos anos. Durante a semana do meu aniversário, talvez tenha pensado só nisso. É engraçado nunca termos conversado sobre essa nossa inquietação. Aliás, temos conversado sobre o que mesmo? Em algum momento de nossas vidas, deixamos de conversar sobre nossos sonhos, nossos anseios e nossas dúvidas e passamos a conversar sobre notícias. Notícias dos jornais, notícias de nossas atividades profissionais e, o que de alguma forma me incomoda admitir, notícias da vida dos outros. Viramos apresentadores do dia que passou.

Você e eu, sentados à mesa de jantar, passamos a ser como o casal que apresenta o jornal da noite na televisão. E isso talvez tenha tido dois efeitos cruéis em nossas vidas.

— Que efeitos? — perguntou Davi, deixando de olhar Jonas para fitar a esposa.

— O primeiro deles é o fato de esquecermos como era aquela pessoa que cada um de nós conheceu lá atrás e escolheu para seguir junto durante toda uma vida. Veja, Davi, que loucura: é como se, a partir de cada ano, eu passasse a conhecer menos você, em vez de conhecer melhor. O segundo foi o de perder a paixão pela vida. Ao criarmos esta barreira entre nós, e distanciarmos nossos corações, nossos espíritos, é inegável que a paixão que existia entre nós diminuiu. Foi sendo substituída pela tolerância e pela amizade. O problema é que precisamos visceralmente dessa paixão. Passamos um pedaço enorme de nosso tempo juntos. Ao perdermos a paixão que nutríamos um pelo outro, perdemos esse sentimento que impulsiona e inflama também nossas vidas. Desde o dia em que escolhemos ficar juntos para sempre, a forma como vivemos se confunde com a forma como vemos a vida. Talvez desse jeito morno com que passamos a ver um ao outro, e consequentemente a vida, tenha surgido seu medo de viver.

— E o que você acha que podemos fazer para recuperar a paixão, querida? — perguntou o marido.

— Não sei. Mas algo me diz que tudo isso que aconteceu com nosso filho está mudando muita coisa dentro de nós também.

Capítulo 30

Eram 7 horas da noite e Jonas resolveu ligar para Gisele. A imagem dos dois conversando no bar não saía de sua cabeça. A frase de seu pai sobre ela, também não: "Gisele parece despertar e fazer você contemplar o melhor que existe em você. Deve ser uma moça especial."

Precisava vê-la novamente.

— Gi?

— Sim, quem é?

— É o Ninho, tudo bem? Queria muito ver você. Tem planos para hoje à noite?

— Não exatamente. Ia ajudar minha mãe com os preparativos para a véspera de Natal. Mas você sabe que eu não sou muito fã dessa data, não é mesmo? Por que, quais são os seus planos?

— Qualquer um serve, desde que possamos nos ver.

— Nossa — riu Gisele do outro lado da linha. — Depois dessa, não tenho como recusar o convite. A que horas nos vemos?

— Passo aí às 8 para você, pegar está bem?

— Combinado! Eu espero você.

Às 8 horas da noite Jonas estacionou o carro em frente ao prédio onde Gisele morava. Ela já o esperava pronta na portaria.

— Nem tive tempo de me arrumar direito. Você não pretende ir a nenhum lugar chique, pretende?

— Claro que não, Gi! Quero só conversar mais com você. Vamos sentar num restaurante qualquer aqui perto que está ótimo!

Pararam então numa churrascaria próxima à casa de Gisele e se sentaram a uma mesa no fundo da casa, para poderem conversar com mais privacidade.

— Gi! Você não sabe como nossa conversa ontem foi importante pra mim. Você me ajudou a abrir uma porta que estava trancada a sete chaves dentro de mim. Quando cheguei em casa, estava assustado. Com medo mesmo. Não sabia o que ia encontrar por detrás dessa porta. Mas tinha de entrar, precisava conhecer como é lá dentro. No caso, aqui dentro — disse Jonas, apontando para o peito. — Você não imagina as conversas que tive com meus pais. Ontem à noite com meu pai e hoje de manhã com minha mãe.

— Foram boas?

— Talvez boas não seja a melhor palavra para descrever. Diria que foram reveladoras. Não necessariamente para eles, mas certamente para mim. É incrível como, à medida que eu ia falando, novas ideias e outros assuntos iam surgindo. Era como se nossa conversa tivesse colocado em minhas mãos a ponta de um fio de novelo. Ao falar com meus pais, eu puxei esse fio, e estou surpreso com a quantidade de linha que tinha guardada aqui comigo.

— E como foi a reação deles?

— A reação deles? Nossa... Que engraçado, Gi. Você acredita que não consigo lembrar como foi a reação deles? — espantou-se Jonas.

— Talvez porque você na verdade não estivesse falando com eles, amigo. Talvez estivesse falando com você mesmo.

Jonas permaneceu em silêncio por alguns segundos. Lembrou-se então novamente da primeira pergunta de sua lista: "Quem realmente sou?"

— É isso, sim. Talvez por isso esteja me sentindo assim tão eufórico. Estou confuso, mas eufórico. É um bom sinal, de que estou no caminho certo!

— Fico tão feliz em vê-lo assim, Ninho...

— Obrigado, Gi — concluiu ele, percebendo o semblante triste de sua amiga. Não era condizente com o que acabara de dizer. — Que cara é essa, minha amiga?

Gisele não respondeu nada. Apenas aproximou sua cadeira da de Jonas, encostou a cabeça em seu ombro e começou a chorar.

— Nossa, Gisele, eu disse alguma coisa que a magoou?

— Não tem nada a ver com você, querido. Tem a ver comigo... Ao ouvir tudo o que você passou desde nossa última conversa, foi inevitável questionar várias coisas também em minha vida. Acho que fui mordida por esse seu vírus existencial, puxa vida! — disse Gisele, abrindo um sorriso misturado com alguns soluços de choro.

— Desculpe, eu sou um bobo mesmo, estou falando aqui desde que cheguei só preocupado comigo. Que egoísta que sou, nem perguntei como você estava...

— Você não está sendo egoísta. Está só buscando as respostas de que precisa para encontrar seu prumo e, mais forte, seguir adiante. Tenho certeza de que um Ninho melhor para si mesmo será também um Ninho muito melhor para os outros. Até para esta amiga boba e chorona aqui...

— Mas estou achando a sua tristeza maior do que devia... Tem certeza de que foi só isso, o meu vírus... existencial?

— Não sei — respondeu Gisele já recomposta do choro, limpando lágrimas escuras de maquiagem com o guardanapo de papel. — Acho que é um pouco desse clima de Natal que me deixa assim.

— Então vamos mudar esse clima, amanhã vamos festejar! Vamos fazer o seguinte: você celebra com seus pais, abre os presentes, e logo depois pego você para irmos lá pra casa. Você vai passar a meia-noite do dia 24 em alto-astral! Vamos abrir um champanhe, colocar uma música dos anos 1980, daquelas que dançávamos nas festinhas do colégio, e nos divertir. Que tal?

— Nossa, acho ótimo. Mas você não prefere ficar a sós com seus pais? É uma festa tão familiar...

— Família é quem queremos sempre ao nosso lado. E você certamente está nesse grupo, Gi! Meus pais vão adorar saber que você vai estar conosco. Então, amanhã eu ... Ai! — Jonas deu um grito, levando a mão à costela.

— O que foi, Jonas? — perguntou Gisele, levantando-se preocupada, e colocando a mão sobre o ombro do amigo. — Você está bem?

— Não sei, essas dores... Estou sentindo umas dores esquisitas, cada vez mais fortes hoje. Deve ser por causa desses exercícios que voltei a fazer. Não se preocupe, já, já vão passar...

Capítulo 31

Jonas contorceu-se na maca, visivelmente incomodado pelas dores que sentia. Dessa vez, porém, de uma
forma muito mais intensa do que todas as outras
anteriores. Gisele, preocupada, colocou as mãos nos
ombros dele e sussurrou:

— Aguente firme, amigo. Vou já chamar o dr.
Sérgio.

Correu então ao telefone e ligou para o celular do
médico.

— Dr. Sérgio, é Gisele.

— Pois não, Gisele, tudo bem com nosso paciente?

— Mais ou menos, doutor, as dores de Jonas aumentaram bastante. Ele está tendo fortes espasmos

e há pouco levou a mão ao tórax. Acredito que as fraturas das costelas estão incomodando muito com a diminuição do efeito dos anestésicos.

— E o nível de consciência, ele a reconheceu?

— Não, parece continuar inconsciente. Perguntei-lhe algumas coisas para ver se esboçava reação, mas aparentemente só está reagindo às dores.

— Esse tipo de reação já era esperado. Vamos entrar com uma ação medicamentosa para diminuir o desconforto. Estou subindo para vê-lo. Logo estarei aí.

— Ok, estarei aqui com ele.

Alguns minutos depois, estava já no quarto de Jonas. Administrou alguns medicamentos para que as dores diminuíssem e concluiu:

— As dores devem diminuir logo. O efeito das drogas é quase imediato porque as aplicamos direto na corrente sanguínea. No entanto, temos de nos acostumar com essas reações. Seu estado de consciência será cada vez maior a partir de agora, e teremos de administrar as dores. Mantenha-me informado sobre seu estado, por favor. Vou para casa agora e amanhã cedo, assim que chegar ao hospital, faço uma visita a ele. Avise o pessoal que manterei meu celular ligado durante a noite.

Em poucos minutos, Jonas aparentava já estar muito menos incomodado. Os espasmos eram quase imperceptíveis e com uma frequência cada vez menor.

Gisele tomou de volta o lugar que já se acostumara a ocupar, na cadeira ao lado do amigo, sozinhos no quarto da UTI, e voltou a conversar com Jonas:

— E aí, Ninho! Você não deve mais aguentar essa sua amiga aqui falando, não é mesmo? Vou lhe contar um segredo — é tudo parte do tratamento, para ver se você volta logo desse coma e dá um grito: "Para de falar, menina, que eu já não aguento mais." Falando sério agora, é incrível como, mesmo sem falar nada, você é meu amigo! É isso, acho que estamos nos curando juntos nesses dias aqui no hospital. São feridas difíceis de cicatrizar, as minhas e as suas, mas já posso sentir que ambos estamos evoluindo. O médico falou que a qualquer momento você pode voltar à consciência. Estou muito feliz com a notícia, juro, mas também com um pouco de medo. Não sei mais quem mora aí dentro, faz tantos anos que não nos falamos... Será que não estou criando um personagem na minha cabeça e quando você voltar será um Jonas completamente diferente daquele com quem estive muitos anos atrás? É engraçado, mas acho que foi isso o que aconteceu com meu namorado. Criei um personagem que admirava e não percebi que as coisas estavam mudando. Para ser sincera, acho que ele fez o mesmo em relação a mim. De repente percebemos que o outro era já uma pessoa totalmente diferente. A traição de alguma forma abriu de uma vez nossos olhos. Como num grande susto. Mas percebemos não só que o outro tinha mudado. Percebemos que nós também mudamos! Começo a achar que tive sorte de ser traída. Se precisava ter esse choque de realidade, que fosse o quanto antes...

Gisele ouviu alguém batendo à porta do quarto.

— Pois não?

— Está tudo bem aqui dentro? — murmurou uma das outras enfermeiras que estava de plantão naquela noite.

— Sim, por quê?

— Desculpe, ouvi vozes altas vindo do quarto quando passava pelo corredor e fiquei preocupada.

— Deve ter vindo de outro quarto, este paciente está sedado e inconsciente, não pode falar. Só eu estou no quarto — disse Gisele, tentando parecer natural.

— Ok, desculpe ter incomodado você.

— Não se preocupe, boa noite.

Assim que fechou a porta, Gisele deu um suspiro e voltou a sentar na cadeira ao lado de Jonas.

— Acho que exagerei no volume de voz, Jonas — disse, segurando uma gargalhada. — É tão bom falar todas essas coisas, que me esqueço de que você está doente. Quando menti agora para a enfermeira, senti aquela sensação de quando fazíamos besteira quando éramos adolescentes, lembra? Que delícia voltar no tempo assim... Que bom ter uma noite gostosa com você hoje. Amanhã será uma noite muito difícil para mim. Véspera de Natal é sempre uma data complicada. Esses cânticos, orações, programas de televisão com retrospectivas, pessoas falando sobre como devemos ser bons e caridosos... Só servem para que eu me sinta mais velha e culpada. E este ano será ainda mais complicado. Passar sozinha, sem um companheiro, uma data em que todos louvam a família será muito triste. Já avisei em casa que amanhã estarei aqui com você, disse que será meu plantão. Mamãe ficou chateada, mas feliz por saber que no réveillon estaremos juntas. Vamos ter nossa festa particular! Quem sabe você não acorda até lá para eu desejar um bom Ano-Novo pessoalmente!

Capítulo 32

Era véspera de Natal, e Jonas acordara sentindo-se um pouco melhor das dores que o incomodavam na noite anterior. Sentou-se à mesa de café com seus pais e disse-lhes:

— Feliz Natal!

— Bom dia, filho — respondeu a mãe —, mas o Natal é amanhã, querido. Hoje é véspera de Natal!

— Então feliz manhã, mãe! Feliz manhã também, pai! Acordei me sentindo ótimo hoje! Aliás, tenho uma notícia: convidei a Gisele para estar conosco hoje ao final da noite. Vamos fazer uma festa aqui em casa para celebrar a vida!

— Que animação, filho — disse dessa vez Davi, passando em seguida o guardanapo no bigode para limpar o café. — Pelo visto, a conversa foi boa ontem, hein... Vocês estão namorando?

— Está doido, pai? Cheguei dos Estados Unidos há poucos dias, como estaríamos namorando?

— Não sei, filho, você está com um brilho diferente nos olhos. E sinto que tudo começou depois que passou a se encontrar com ela.

— É verdade, pai... Mas não caio mais nessa história de brilho nos olhos por causa de outra pessoa. O brilho nos olhos é por causa de mim! Acho que estou me namorando, hehe. Que delícia é conhecer melhor este Jonas que mora aqui dentro. Os encontros com Gisele têm sido, na verdade, encontros comigo.

— Filho, acho que você bebeu demais ontem, hein — comentou Davi, arrancando uma gargalhada da esposa, como nos velhos tempos.

— O curioso é que quase não bebemos nada, pai. Conversamos tanto que nem deu tempo pra mais nada.

— Eu já lhe falei, Ninho, essa menina é especial. Quem sabe não daria uma bela namorada...

— Ela é uma menina especial, sim, pai. Exatamente porque com ela eu consigo ser eu mesmo. Ontem, depois de nossa conversa, tive a sensação de que estava apaixonado por ela. Quando parei para pensar no que sentia, vi que, na verdade, estava apaixonado pela sensação que experimentava. E era a sensação de estar em contato comigo. Ou seja, acho que estou apaixonado por mim! Mas é mesmo uma menina assim que quero ao meu lado. Porque, ao fazer que eu me sentisse bem, imediatamente eu quis que ela também se sentisse assim. Não queria ser o único à mesa me sentindo daquele jeito. Talvez esse seja o segredo de um relacionamento de sucesso, pai. Quando um é capaz de despertar no outro o crescimento, o descobrimento, a felicidade. E aí, cada um sendo maior, o todo é muito maior do que a soma das partes!

— É, filho, acho que você está realmente apaixonado... — concluiu o pai, enquanto acariciava o ombro do filho.

• • •

O relógio marcava 11 horas da noite quando Sandra chamou Jonas e Davi para a celebração de Natal. Ambos, respeitando a tradição natalina e a importância que Sandra atribuía ao rito, juntaram-se a ela na sala. Sandra havia separado alguns textos para ler antes da cerimônia de entrega dos presentes. Começou suas leituras pela carta de São Paulo aos coríntios:

— "Ainda que eu fale as línguas dos homens e dos anjos, se não tiver amor, serei como o bronze que soa, ou como o címbalo que retine. Ainda que eu tenha o dom de profetizar e conheça todos os mistérios e toda a ciência; ainda que eu tenha tamanha fé a ponto de transportar montanhas, se não tiver amor, nada serei. E ainda que eu distribua todos os meus bens entre os pobres; e ainda que entregue meu próprio corpo para ser queimado, se não tiver amor, nada disso se aproveitará. O amor é paciente, é benigno, o amor não arde em ciúmes, não se ufana, não se ensoberbece, não se conduz inconvenientemente, não procura seus interesses, não se exaspera, não se ressente do mal; não se alegra com a injustiça, mas regozija-se com a verdade. Tudo sofre, tudo crê, tudo espera, tudo suporta."

Jonas interrompeu a mãe:

— Mãe, é isso!

— Filho, sua mãe está no meio da oração — repreendeu-o Davi.

— Desculpe, mãe, mas isso que você leu é lindo! Não consegui me controlar.

— Também acho, filho, mas deixe-me continuar.

— Mãe, espere mais um pouco! Acho que entendi o que é o amor! É claro! Veja: "Ainda que eu tenha tamanha fé, a ponto de transportar montanhas, se não tiver amor, nada serei." Ou ainda melhor: "Ainda que eu distribua todos os meus bens entre os pobres; e ainda que entregue meu próprio corpo para ser queimado, se não tiver amor, nada disso se aproveitará." Mãe, você percebe?!

— Percebo o que, filho?

— Mãe, o amor é a verdade! Não a verdade no sentido de ser fiel aos fatos naquilo que se fala. A verdade maior! A única que realmente importa. A verdade sobre quem realmente somos! Sobre nossa essência! Se a ela não formos fiéis, de nada adianta viver toda uma vida cheia de riquezas e conquistas. Descobrir-se, esta é a chave para a verdadeira felicidade.

— Que lindo isso, filho — disse a mãe, agora entusiasmada ao ver o filho tão envolvido pelo texto bíblico que acabara de ler.

— Por isso Jesus, que você tanto admira, disse: "Eu sou o caminho, a verdade e a vida", não acha? Curioso, sempre me intriguei com os substantivos dessa frase que ouvia de você: "o caminho, a verdade e a vida". Estava enganado! O segredo está no sujeito, "eu". É, afinal, uma frase com enorme sabedoria.

Jonas ficou pensativo por alguns instantes, como se processasse as palavras que acabara de dizer. Seus olhos pareciam mirar longe. Seus pais acompanhavam seu semblante perdido.

— As perguntas que escrevi! Lembram-se? — disse Jonas vibrando. — As respostas parecem agora tão claras. Como não consegui perceber antes?

— Você quer dizer que sabe as respostas para as perguntas, filho?

— Claro, mãe! Estavam na minha cara, eu é que não vi.

— Então nos diga, Jonas, quais são?

— Digo sim, mãe! Mas existe uma pessoa que precisa saber antes. Onde está a chave do seu carro? — perguntou ele, agitado.

— Lá na entrada da sala...

— Volto em um instante — comunicou, entusiasmado.

No caminho, Jonas digitou o número de Gisele no celular. O telefone do outro lado chamou poucas vezes.

— Olá, Gi. Sei que falei que pegaria você um pouco mais tarde, mas desça por favor, preciso lhe dizer algo que acabei de descobrir.

— Claro. Daqui a quanto tempo? Você está perto?

— Agora mesmo, Gi, estou dobrando a esquina.

Jonas estacionou o carro, incrivelmente feliz e transformado. Tinha finalmente encontrado as respostas para suas perguntas. Gisele o tinha inspirado. Fora ela que o ajudara a encontrar o caminho! Ela abrira seus olhos para uma nova vida e, sem querer, e tão rápido, despertara a verdade. Era isso! Se ela era o caminho, a verdade e a vida, era ela também o amor! E com ela queria celebrar sua descoberta.

Gisele surgiu na entrada do edifício. O porteiro abriu o portão eletrônico, e Jonas a esperava do outro lado da rua. Mas ele não conseguiu esperar. Atravessou a rua correndo para abraçá-la e logo contar as novidades. Não viu que um automóvel acabara de entrar na rua em alta velocidade. Dentro, quatro jovens guiados por um motorista alcoolizado ouviam música num volume altíssimo, indo para a mais badalada festa de véspera de Natal da cidade.

Jonas não viu o carro. O motorista do carro não viu Jonas. Jonas foi içado a alguns metros do solo pelo impacto do para-choque do automóvel em suas pernas enquanto Gisele gritava desesperada, sem acreditar no que via. O carro freou. Era tarde demais, Jonas estava no chão, contorcendo-se, enquanto uma mancha de sangue ganhava tamanho em volta de seu corpo. Gi correu desesperada até Jonas. Tremendo, pegou o celular e ligou para a casa dele.

— Alô.

— Tia Sandra? — tremia e gaguejava em meio a soluços e choro.

— Sou eu, quem é? — falou Sandra, assustada, do outro lado.

— É a Gisele. Não sei como dizer isso, corram para cá, por favor. Jonas sofreu um acidente. Foi muito sério. Não sei o que fazer...

Capítulo 33

Gisele estava ao lado de Jonas no quarto da UTI quando os espasmos voltaram. Passavam alguns minutos das 11 horas da noite. Dessa vez, porém, as dores eram mais fortes do que todas as vezes anteriores. Jonas contorcia-se, com os ombros encolhidos e as mãos fechadas com tamanha força, que faziam saltar todos os músculos de seu antebraço. Sua frequência cardíaca subiu repentinamente cerca de 50 batimentos por minuto, e seus lábios pareciam estar trêmulos. Gisele aproximou-se e pôde ouvir um som que parecia vir da boca de Jonas. Chegou ainda mais perto, Jonas parecia tentar pronunciar alguma palavra. Foi então que aquilo que menos esperava veio da boca de seu amigo:

— Por favor, Gisele, me ajude!!

Gisele imediatamente correu ao telefone e ligou para o dr. Sérgio.

— Doutor, corra para cá, por favor, Jonas está voltando à consciência. E está com muitas dores, algo não está bem.

— Estou indo, Gisele, em alguns minutos estarei aí. Se puder, diga aos pais de Jonas que ele está voltando à consciência. Prometi que o faria quando acontecesse.

— Farei isso agora mesmo, doutor.

"Mas como pode ser?", pensou em voz alta. "Como pode Jonas ter dito meu nome se estava inconsciente todo esse tempo?"

...

Logo os pais de Jonas chegaram ao local do acidente. Gisele estava sentada ao lado dele na rua, com a cabeça do amigo apoiada em seu colo, e a calça suja pelo sangue que escorria de sua cabeça. Gisele olhava-o nos olhos e dizia:

— Fique comigo, Ninho, resista, por favor!

Gisele olhou para o lado e viu Sandra e Davi pálidos olhando a cena, como se não acreditassem no que seus olhos pareciam estar vendo.

— Meu Deus, Gisele, o que aconteceu com nosso filho? — gritava Sandra, chorando em tom de desespero.

— Não sei direito, Sandra. Foi tudo tão rápido. Ele me viu e saiu correndo para falar alguma coisa. Parecia estar tão ansioso que atravessou sem mesmo olhar para os lados. Quando percebi, o acidente já havia acontecido. Nossa, por que eu fui descer logo na hora que esse carro passou? A culpa foi toda minha!

Foi então que Gisele pôde sentir sua mão sendo apanhada por outra mão, e em seguida apertada. Era Jonas. Ele estava consciente. Gisele então pareceu desesperar-se ainda mais, abraçou-o no colo e pôde ouvi-lo balbuciar algumas palavras com muito esforço:

— Por favor, Gisele, ajude-me! Muitas dores! As mesmas dores que estava sentindo, só que muito maiores. Acho... que era um sinal...

— Filho, nós estamos aqui. Acalme-se e pare de falar, por favor. Já pedimos ajuda — dizia Davi, tentando controlar o desespero que parecia tornar conta de todos ali presentes.

• • •

— Filho, nós estamos aqui! Somos nós, seu pai e sua mãe! — dizia Sandra, ao lado de Davi e do dr. Sérgio, enquanto acariciava a cabeça do filho, que se contorcia e suava muito. — Viemos correndo quando soubemos que você estava acordando.

— Vou administrar uma dose maior de analgesia — murmurou o médico para Gisele. — As dores não deveriam ser tão fortes.

— Mas, doutor, você não disse que estava esperando que as dores voltassem com a consciência? — perguntou o pai, preocupado com o semblante carregado do médico.

— Sim, mas isso não é uma ciência matemática, senhor. Não podemos saber ao certo qual será a reação do paciente no momento em que deixa o coma. É exatamente visando o estresse das dores e um bom ambiente de recuperação que induzimos ao estado do coma.

— Doutor, olhe — chamou Gisele, assustada com o que os monitores mostravam. A frequência cardíaca de Jonas havia subido mais 50 batimentos, ele se contorcia freneticamente, agora com os músculos da face enrijecidos.

— Meu Deus, as dores parecem estar se tornando insuportáveis. Vamos aplicar urgentemente o analgésico. Gisele, chame já o anestesista, acho que vamos ter que deprimir novamente o sistema nervoso central e induzi-lo ao coma com barbitúricos. Esta reação que está tendo é muito perigosa neste estado frágil em que ele se encontra.

Nesse momento, os sinais sonoros do monitor que media sua frequência cardíaca silenciaram. Com eles, todos na sala.

— Rápido, tragam o desfibrilador, Jonas está tendo uma parada. Precisamos imediatamente executar uma manobra de reanimação cardíaca! — gritou Sérgio para Gisele.

•••

— Está doendo muito, pai — disse Jonas para Davi, que estava sentado ao lado de Gisele, no chão, segurando a outra mão do filho enquanto lhe acariciava a testa.

— Eu sei, filho, mas, por favor, tente respirar cadenciado. Precisamos que você ajude, os médicos estão a caminho. Não fale mais nada, você não deve fazer nenhum esforço.

— Sim, pai — sussurrava Jonas, mal segurando as lágrimas enquanto fitava diretamente os olhos do pai, que parecia abraçá-lo com o olhar de uma maneira como nunca fizera em toda sua vida. Jonas tentava falar... — Eu queria contar logo pra ela, mãe — dizia ele num sopro.

Nesse momento, Jonas se lembrou do motivo que o levara lá. Subitamente, no semblante de dor, apareceu um estranho sorriso.

— As respostas, mãe. As respostas... me fizeram correr... para falar com Gisele.

— Respostas, quais respostas? — perguntava chorando Gisele, sem entender o que ele balbuciava.

— ... As respostas sobre... perguntas. As que eu buscava... depois do... acidente nos Estados Unidos — murmurava ainda mais cansado, apertando a mão de Gisele. Dessa vez, mirava-a com um olhar doce que transbordava um amor que nunca antes experimentara em sua vida. Todo seu corpo relaxou. Jonas levou sua mão até o cabelo de Gisele, e deslizou seus dedos por trás de sua orelha, acariciando seus cabelos vagarosamente enquanto Gisele chorava e perguntava:

— E quais são elas, Ninho? As respostas!

• • •

O procedimento de reanimação começou. O médico, ao lado do anestesista que acabara de entrar na sala, aplicou a primeira descarga elétrica no paciente. O corpo de Jonas curvou-se para cima num movimento brusco. Todos dentro da sala se assustaram, e pareciam ter se movido bruscamente com Jonas, como se também fossem atingidos pela descarga elétrica.

— Alguma reação? — gritava Sérgio.

— Não! — gritava Gisele com a voz embargada, pela primeira vez revelando que sentia algo pessoal pelo paciente.

— Repetir a manobra — ordenou ao anestesista.
— Prepare a injeção de adrenalina agora.

Novamente não apresentou qualquer tipo de reação.

— Rápido, injete logo a adrenalina, não podemos perder mais um segundo — pedia Sérgio, suando, com olhar desesperançoso. — É nossa última chance.

Gisele sabia que as chances de Jonas sobreviver eram pequenas. Em alguns segundos, lembrou-se de tudo o que havia vivido e conversado com seu amigo de infância ao longo dos últimos dias. De seus olhos começaram a correr mais lágrimas. Suas mãos começaram a ficar trêmulas. Não conseguiu mais segurar o impulso e, observada pelo olhar incrédulo de Sandra e Davi, jogou-se sobre o peito de Jonas, abraçou-o e desesperou-se.

— Não faça isso comigo, Ninho! Por favor, volte! Você não pode morrer. Eu amo você! — gritou Gisele, segurando o rosto de Jonas com ambas as mãos, enquanto beijava suavemente o amigo.

O relógio na parede do quarto acabava de marcar meia-noite do dia 24 de dezembro.

• • •

— As respostas estavam na minha cara, Gi — respondeu Jonas, sorrindo, enquanto lágrimas caíam de seus olhos e suas mãos continuavam a acariciar o cabelo de Gisele.

Gisele não conseguiu falar nada. O queixo tremia e suas mãos apertavam com toda força as mãos de Jonas.

— As respostas são as próprias perguntas!

— Como assim, meu amor? — chorava Gisele, enquanto choravam também os pais dele.

— Lembra-se das perguntas? Três: "Quem realmente sou? O que me deixa feliz? O que busco na vida?" Pois então, elas se respondem! Por isso me vieram juntas, agora consigo ver.

"A resposta para o que busco na vida é muito mais simples do que eu achava. Busco ser feliz! É só isso que me importa. Nossa, como pude complicar tanto meus dias, sofrer tanto e me afastar tanto desse objetivo. Ser feliz não é um destino, é o próprio caminho, como escrevi num pedaço de papel naquele dia quando fui até a Estátua da Liberdade! Estive afobado durante todos esses anos reunindo recursos que acreditava que trocaria por felicidade em algum momento no futuro. Só que o futuro não chega nunca, acordamos todos os dias no presente.

"Curiosamente esta resposta me leva para outra pergunta: o que me deixa feliz? Descobrir-me, encontrar-me com quem realmente sou! Você não acredita como cheguei à sua casa hoje explodindo de felicidade, Gisele. Experimentando uma sensação que nunca havia sentido em toda minha vida. Eu me descobri! Sei quem sou! O que responde à minha última pergunta: olhe que fabuloso, como tudo se fecha perfeitamente. Descobri quem é Jonas! A conversa com o senhor na escadaria da igreja, a releitura dos livros de filosofia e etologia, minhas reflexões no avião e, depois de sofrer o acidente, as conversas que tive com cada um de vocês... Cada uma representou um pedaço do quebra-cabeça desta resposta. Porém "quem eu sou" é uma resposta que só eu sou capaz de compreender. Para cada pessoa, há uma resposta diferente... Para cada pessoa, há um caminho diferente... Trilhei meu caminho. Encontrei minha verdade. E, ao encontrar a verdade, descobri o que é o amor.

Seus olhos brilharam, e, como se estivesse falando com a alma desnuda e o coração explodindo de felicidade, pronunciou suas últimas palavras:

— Descobri que eu amo você, Gi...

Então relaxou ainda mais o corpo, sorriu, deitou a cabeça para trás e deu um longo suspiro.

Sua visão ficou turva, e aos poucos as formas das pessoas ao redor foram perdendo o contorno. Tudo foi se tornando cada vez mais escuro, até que uma forte luz surgiu. Como a do sol saindo por trás das nuvens que o tirara do estado de transe no dia em que se sentara no Central Park, após ter sofrido o acidente. Só que dessa vez mais forte e mais real.

Jonas acordou.

Acordou e viu Deus.

Descobriu que Deus é o amor.

Deus era o seu amor. Aquele com quem tinha estado durante todos aqueles dias. Em sonho e em realidade...

Um final feliz?

Não. Um começo feliz.

Não existem finais felizes...

Este livro foi composto na tipologia Warnock
Pro Light, em corpo 12/17, e impresso em
papel off-white no Sistema Cameron da
Divisão Gráfica da Distribuidora Record.